文春文庫

異《い》郷《きょう》のぞみし

空也十番勝負（四）決定版

佐伯泰英

文藝春秋

目次

「空也十番勝負」

主な登場人物

坂崎空也《さかざきくうや》　江戸神保小路にある直心影流尚武館道場の主、坂崎磐音の嫡子。父の故郷・豊後関前藩から、十六歳の夏に武者修行の旅に出る。

渋谷重兼《しぶやしげかね》　薩摩藩八代目藩主島津重豪《しまづしげひで》の元御側御用。

渋谷眉月《しぶやまゆつき》　重兼の孫娘。江戸の薩摩藩邸で育つ。

薬丸新蔵《やくまるしんぞう》　薩摩藩領内加治木の薬丸道場から、武名を挙げようと江戸へ向かった野太刀流の若き剣術家。

丸目種三郎《まるめたねさぶろう》　肥後国人吉《ひとよし》藩タイ捨《しゃ》流丸目道場の主。

常村又次郎《つねむらまたじろう》　丸目道場の門弟。人吉藩の御番頭。

奈良尾の治助《ならおのじすけ》　帆船肥後丸の主船頭。

坂崎磐音《さかざきいわね》　空也の父。故郷を捨てざるを得ない運命に翻弄され、江戸で浪人となるが、剣術の師で尚武館道場の主だった佐々木玲圓《ささきれいえん》の養子となる。

おこん　空也の母。下町育ちだが、両替商・今津屋での奉公を経て磐音の妻となる。

睦月《むつき》　空也の妹。

霧子《きりこ》　姥捨の郷で育った元雑賀衆の女忍。

重富利次郎《しげとみとしじろう》　尚武館道場の師範代格。豊後関前藩の剣術指南役も務める。江戸勤番。霧子の夫。

松平辰平《まつだいらたつぺい》　尚武館道場の師範代格。筑前福岡藩の剣術指南役も務める。江戸勤番。妻はお杏《きょう》。

田丸輝信《たまるてるのぶ》　尚武館小梅村道場の道場主。妻は早苗《さなえ》。

小田平助《おだへいすけ》　尚武館道場の客分。槍折れの達人。

中川英次郎《なかがわえいじろう》　尚武館道場の門弟。勘定奉行中川飛驒守忠英《ただてる》の次男。

空也十番勝負　西国地図

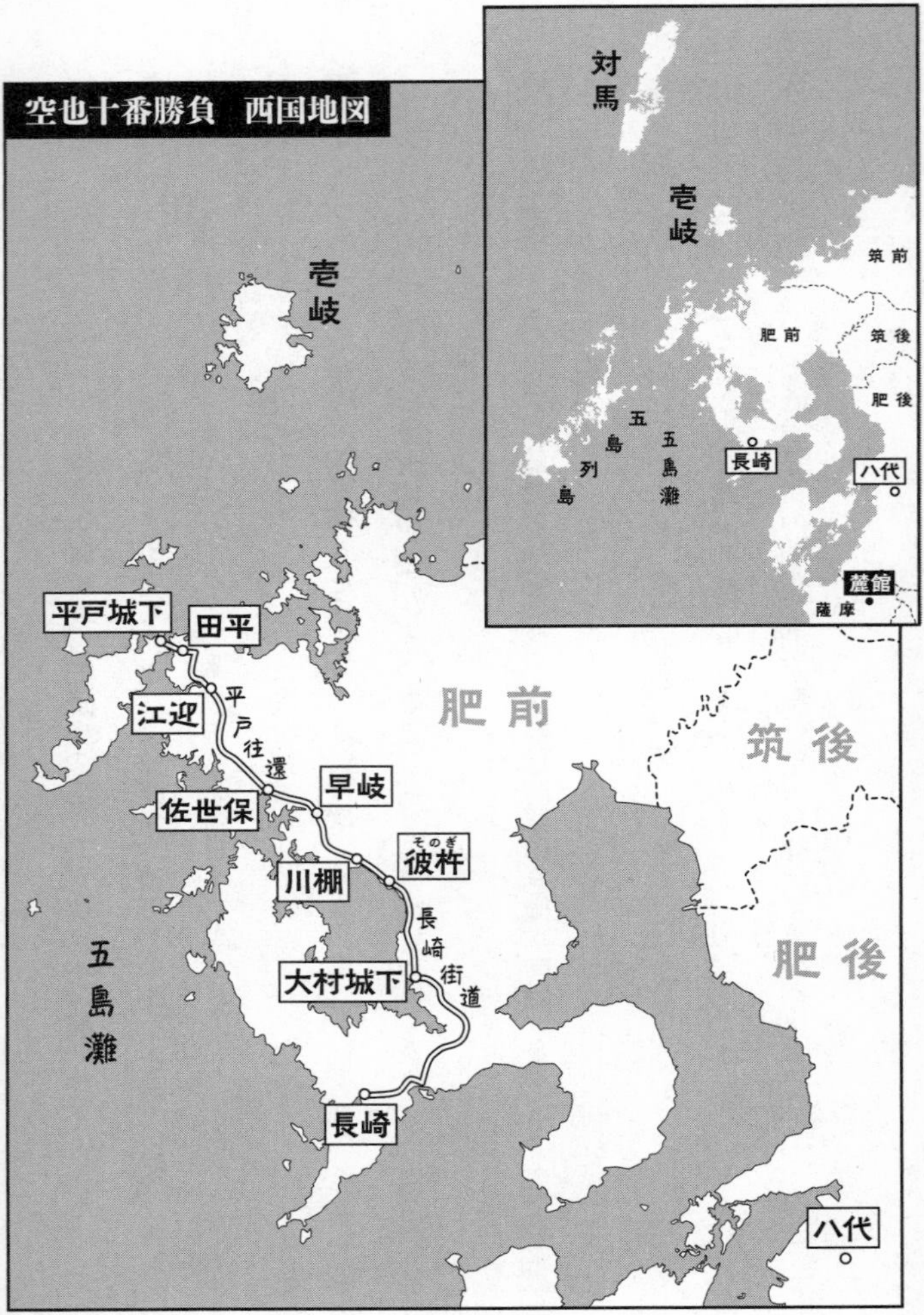
対馬
壱岐
筑前
肥前
筑後
肥後
五島列島
五島灘
長崎
八代
麓館
薩摩
壱岐
肥前
筑後
肥後
五島灘
平戸城下
田平
江迎
平戸往還
佐世保
早岐
彼杵《そのぎ》
川棚
長崎街道
大村城下
長崎
八代

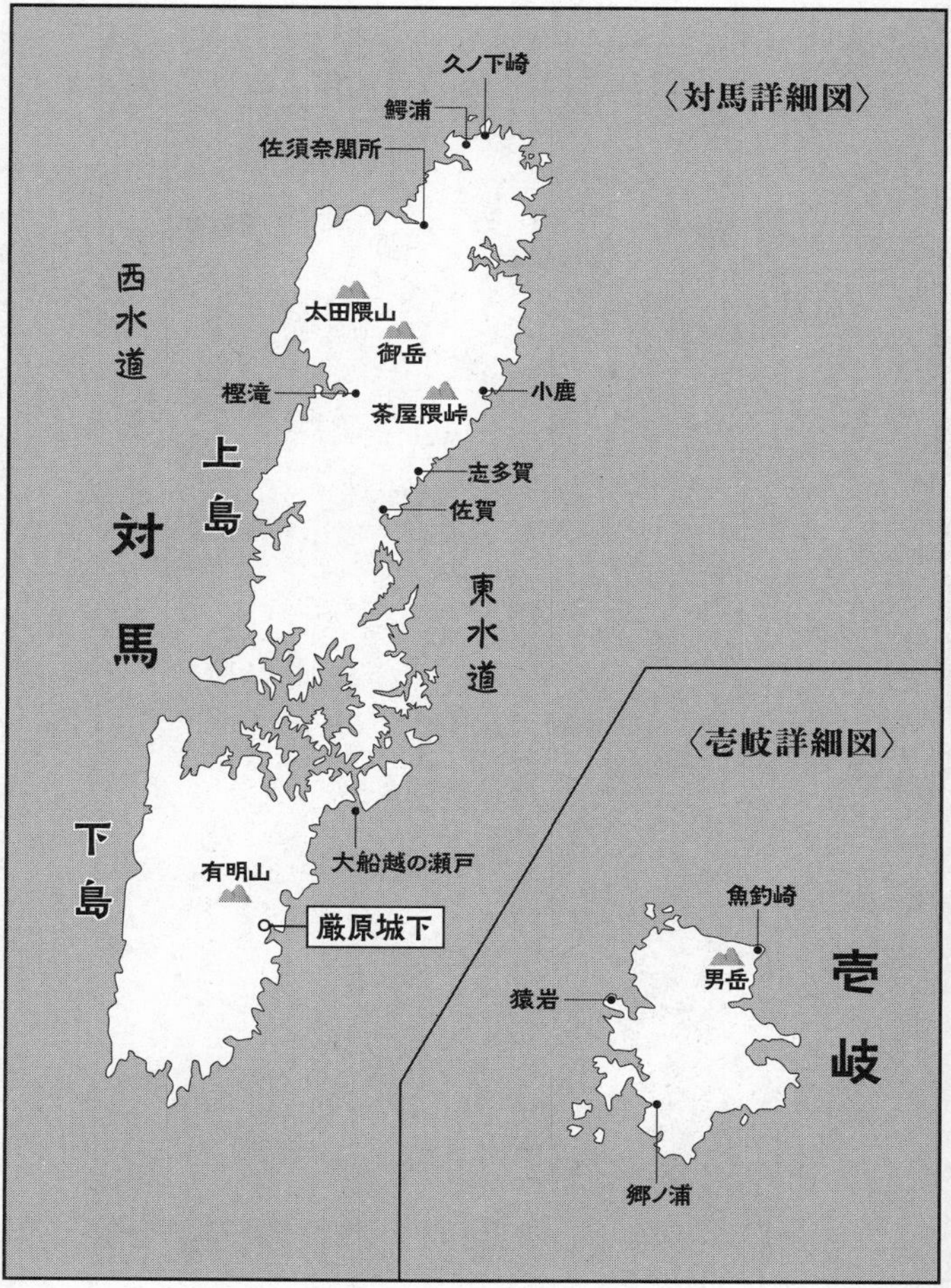
〈対馬詳細図〉
久ノ下崎
鰐浦
佐須奈関所
西水道
太田隈山
御岳
樫滝
小鹿
茶屋隈峠
上島
志多賀
佐賀
対馬
東水道
下島
大船越の瀬戸
有明山
厳原城下
〈壱岐詳細図〉
魚釣崎
男岳
猿岩
壱岐
郷ノ浦

東叡山
寛永寺
新吉原
山谷堀
尚武館小梅村道場
竹屋ノ渡し
向島
忍ケ岡
上野
下谷車坂町
浅草
待乳山
聖天社
今戸橋
三囲稲荷
不忍池
浅草寺
花川戸町
田原町
新堀川
常泉寺
小梅村
下谷広小路
新寺町通り
源森川
安藤家
下屋敷
吾妻橋
業平橋
御厩河岸ノ渡し
品川家
十間川
首尾の松
北割下水
吉岡町
本所
法恩寺橋
今津屋
和泉橋
天神橋
新シ橋
石原橋
浅草御門
柳原土手
南割下水
両国橋
入江町
横川
小伝馬町
回向院
竪川
薬研堀
松井橋
浮世小路
大川
六間堀
鰻処宮戸川
魚河岸
新高橋
猿子橋
鎧河岸
日本橋川
日本橋
小名木川
新大橋
万年橋
鎧ノ渡し
霊巌寺
深川
砂村新田
永久橋
金兵衛長屋
亀島橋
佐賀町
霊岸島
八丁堀
永代橋
仙台堀
永代寺
鉄砲洲
富岡八幡宮
越中島
佃島
堺橋
空也十番勝負　江戸地図

護国寺
中山道
日光御成街道
小石川
伝通院
本郷
下谷
石切橋
牛込
豊後関前藩上屋敷
神田明神
水道橋
神田川
稲荷小路
表猿楽町
牛込御門
尚武館道場
駿河台
昌平橋
田安御門
市谷八幡宮
九段坂
神保小路
俎橋
雉子橋
市谷御門
一橋御門
千鳥ヶ淵
鎌倉河岸
善国寺谷通
麹町
神田橋
四谷
江戸城
本丸
四谷御門
大手御門
半蔵御門
西の丸
道灌堀
紀尾井坂
平川天満宮
和田倉御門
赤坂御門
馬場先御門
鍛冶橋御門
南町奉行所
京橋
数寄屋橋御門
溜池
清水谷
木挽橋
氷川明神
原宿
愛宕権現
芝口橋
木挽町

異郷のぞみし

空也十番勝負（四）決定版

第一章　陸影はるか

一

新春の陽射《ひざ》しが穏やかに海峡を照らしていた。

坂崎空也《さかざきくうや》は、五島《ごとう》列島野崎島《のざきじま》の野首《のくび》の浜から自分をわざわざ送り届けてくれた帆船肥後丸《はんせんひごまる》が、波静かな海を東から南へと回り込み、波間に小さくなっていくのを心から感謝しつつ見守っていた。

肥後丸の船影が空也の視界から消えた。

行き先は摂津《せっつ》だという。

それから空也は、北の海の果てに浮かぶ島に視線を移した。

主船頭である奈良尾《ならお》の治助《じすけ》は、

「空也どんが見たか異郷は、わずか十二里（約四十八キロ）しか離れちょらん」

と教えてくれた。そして、船上から、鰐浦《わにうら》の北端にある久《く》ノ下崎《したざき》を指して、

「あいがいちばん近か岬の一つたいね」

そう説明した。

その久ノ下崎の突端に空也は立っていた。岬の西側には海栗島《うにしま》が、そして北側には南風《はえ》ノ波瀬《はせ》を挟《はさ》んで三《み》ッ島《しま》があった。さらにその北西に、空也が見たかった異郷の陸影が望めた。

異郷とは、渋谷《しぶや》眉月《まゆつき》の体に流れる血の祖国高麗《こうらい》だ。

空也が想像していたよりも遥かに近かった。

眉月の先祖は、あの地から薩摩《さつま》に渡来したのだろう。

（眉姫様、それがし、そなたの祖国をわずか十二里の海を挟んで見ておりますぞ）

格別に目的があって、この地に送ってほしいと治助に願ったのではない。ただ、眉月に流れる血の故郷をこの目で確かめたかったのだ。

風に吹かれながら空也はただ高麗を眺めていた。

どれほどの時が経過したか。

空也は腰から将軍徳川家斉《とくがわいえなり》より拝領した備前長船派修理亮盛光《びぜんおさふねしゆりのすけもりみつ》を鞘《さや》ごと抜くと、道中嚢《どうちゆうのう》を肩から外し、旅塵《りよじん》と潮風に打たれてだいぶ傷《いた》んだ道中羽織を脱いだ。それを丁寧《ていねい》に畳むと、盛光と道中嚢を羽織の上に置いた。

手にしたのは愛用の木刀だけだ。

対馬《つしま》国対馬（府中《ふちゆう》）藩の北端に立ち、異郷との間の瀬戸に木刀の先端を置いた。正眼《せいがん》の構えは、父磐音《いわね》直伝の直心影流《じきしんかげ》だ。

船旅で鈍《なま》った体をほぐすようにゆっくりと木刀を振り始めた。むろん肥後丸の中でも独り稽古《げいこ》は続けてきた。

だが、肥後丸が外海に出たとき、空也は初めて外海の荒れる様を体験した。船は大きな波によって前後左右に揉《も》みしだかれ、揺さぶられた。治助配下の水夫《かこ》でさえ船酔いに苦しめられた。

空也の胃の腑《ふ》もひっくり返り、吐き気が襲ってきた。

操舵場の治助が、

「空也どん、今日はくさ、稽古はやめときない。波に持っていかれるばい」

と主船頭の権限で命じた。

いったん船倉に下がった空也は、麻縄を手にして再び甲板《かんぱん》に姿を見せた。木刀を携《たずさ》えながら腰に命綱を結び、その端を帆柱に巻き付けた。

だんだんと波が高くなり、頭上から海水が襲い来る。

操舵場からその様子を見ていた治助は、もはや空也に注意しようともせず、好きなように稽古を続けさせた。

荒れる海に挑むかのように舳先《へさき》に体を向けて、空也は野太刀《のだち》流の、

「朝に三千、夕べに八千」

と言われる荒稽古に打ち込んだ。

いつしかこの続け打ちに夢中になり、波をかぶりながら木刀をひたすら振っていると、時の経過を忘れた。

「空也どん、あんたさんのお蔭《かげ》で波が静まったたい」

との治助の明るい声に空也は稽古を終えた。

「おや、波が静まりましたか」

「こん季節、こげん荒れ方は珍しか。空也どんは、外海の荒波も制覇しなさったな」

治助が笑った。

対馬に上陸した空也は、望みの場所に立っていた。そして、正眼を右蜻蛉《とんぼ》に構え直し、直心影流の緩《ゆる》やかな技とは対照的な荒々しい野太刀流の打突《だとつ》を繰り返した。

こうなればすべてを忘れて集中できた。

どれほどの時が経ったか、不意に人の眼を感じて、空也は動きを止めた。

役人と思《おぼ》しき武士四人が空也の独り稽古を見ていた。ひとりは黒羽織と袴《はかま》姿で陣笠《じんがさ》を被《かぶ》っていた。この壮年の人物がほかの若侍三人の頭《かしら》であろうと空也は考え、会釈《えしやく》した。

「何者か」

三人の配下のうちのひとりが空也の身許《みもと》を質《ただ》した。

「こちらは宗《そう》様がご藩主の対馬藩のご領地でございますな」

「いかにもさよう」

「無断にて邪魔をしております。それがし、坂崎空也と申す武者修行者にございます」

「なんと、このご時世に武者修行じゃと。まさか公儀の密偵ではあるまいな」

と同じ若侍が質した。

空也は、

「対馬は、高麗と接した国境の藩じゃ。今は朝鮮《ちようせん》と呼ばれる高麗との交易を公儀より許された藩たい。朝鮮通信使《つうしんし》の応対をなす対馬藩宗家は、江戸幕府とは格別な関わりがあると。もし対馬で役人衆に身許を尋ねられたら、正直に答えない。そのほうが面倒はなかろうもん」

という治助の忠言を思い出していた。

「坂崎空也か」

陣笠の主が初めて空也に声をかけた。

「そのほう、江戸から参ったか」

「およそ二年半ほど前、豊後《ぶんご》関前《せきまえ》から武者修行に発《た》ちました。その折り、十六でございました」

陣笠の主がどことなく得心《とくしん》した表情を見せた。だが、すぐに平静な顔に戻し、新たに問うた。

「ただ今は十九か」

「はい」

「そなた、何用あって対馬に入国した」

「一つは西国の武者修行にございます。こちらに参る前は肥前福江藩《ひぜんふくえ》の桜井冨五郎《さくらいとみごろう》先生の道場に世話になっておりました」

「福江藩にな。そなたの技量では満足しなかったか」

「いえ、短い間にございましたが、十分に修行を積ませていただきました」

空也のよどみのない返答に相手はしばし間を置いた。

「福江藩の前の武者修行地はどこか」

「肥後人吉《ひとよし》藩のタイ捨《しゃ》流丸目《まるめ》道場にて」

「ほう、人吉にな。それ以前はどちらであの修行をなしたな」

陣笠の主が空也の野太刀流の荒稽古を見ていたのか、指摘した。

こんどは空也がしばし間を置いて、

「薩摩に入国し、島津重豪《しまづしげひで》様の重臣であった菱刈郡麓館《ひしかりごおりふもとやかた》の主《あるじ》渋谷重兼《しげかね》様のもと、野太刀流に接しました」

陣笠の主をはじめ、四人は驚きの表情を見せた。

「薩摩がそのほうのような他国者《よそもの》をそうそう受け入れるとは思えぬ」

と陣笠が言った。

「お疑いは当然のことかと存じます。薩摩の国境を越えたとき、それがし、半死《はんし》半生《はんしょう》で渋谷様方に助けられ、命を取り留めたのです」

「渋谷どのがそなたの身を助け、そのうえ麓館に匿《かくま》ったか」

「いえ、それればかりか渋谷様はそれがしを加治木《かじき》にも、薩摩藩ご城下の鹿児島《かごしま》にもお連れくださいました」

「いよいよ、信の置けぬ話よのう」

陣笠の主はそう言ったが、言葉ほど空也を疑っている気配はなかった。また江戸の事情にも詳しい人物かとも思った。

「そなた様は、野太刀流の薬丸新蔵《やくまるしんぞう》どのの名を承知でございますか」

「江戸で剣術道場を震撼《しんかん》させておる荒武者じゃな」

「はい」

「そなた、知り合いか」

空也は薩摩藩の具足開《ぐそくびら》きの場で新蔵がとった行動を話し、さらに新蔵が空也をその場に誘《いざな》って、藩主島津齊宣《なりのぶ》や東郷示現《とうごうじげん》流一門の前で激しい打ち合い稽古を行ったことを告げた。

「薩摩がようもさようなことを許したものよ」

「ゆえに、新蔵どのもそれがしも東郷示現流の門弟衆に追われております」

空也の言葉を受けた陣笠の主が、

「十九になったばかりというのに肝《きも》が据わっておるな。東郷示現流の追っ手を避けて人吉藩から福江藩、さらにはわが対馬藩に流れ着いたというわけか」

「はい」

と正直に答えた空也がさらに続けた。

「高麗を一目見たくてこの岬に立ちました。もはやそれがしの望みは果たすことができました。対馬藩に迷惑がかかってもなりませぬ。どこぞ湊《みなと》に立ち寄り、新たなる修行の地を探す所存です」

「いまひとつ、坂崎と言うたか、対馬藩の武術は武者修行に値《あたい》せずと言うか」

陣笠の主が空也を挑発するように言った。

「いえ、さようなことは考えたこともございません。もしお許しあらば、ぜひご指導に与《あずか》りたいと存じます。されど最前話した曰《いわ》くにより、宗家に迷惑がかかってもなりませぬ」

「福江藩は短い逗留《とうりゆう》だったと申したが、薩摩の追っ手が現れたか」

はい、と返事をした空也は、

「ゆえに戦いを避けるため、こちらに難を逃れて参りました」

と返答し、頷《うなず》いた陣笠の主が、

「それがし、対馬藩与頭《くみがしら》の唐船志十右衛門《からふねしじゅうえもん》である。今宵《こよい》は佐須奈《さすな》関所に宿泊いたす。われらに従え」

そう空也に命じた。

「対馬での逗留が叶《かな》いましょうか」

「それをお決めになるのは、藩主宗義功《よしかつ》様である」

空也は頷いた。

「そなたがどのような手段でこの地に渡ってきたか知らぬ。じゃが、薩摩の東郷示現流といえども、この対馬には目をつけまい」

唐船志十右衛門が言った。

空也は仕度をなした。羽織を着て道中嚢を背負い、盛光の一剣を腰に戻した。

唐船志は、空也の無駄のない挙動をじっと見ていた。

「お待たせ申しました」

「そなた、対馬の府中城が島のどこにあるか承知か」

「船上より望みましたゆえ、漠とながら承知です」

「そなたには各地にあれこれと助けてくれる御仁がおるようじゃな」

「有難いことです」

岬から下ったところに馬四頭が木の幹に繋《つな》がれていた。

「われらは馬で参る。そのほう従うてこられるか」

「はい」

空也の返事は短かった。

「よし」

与頭がどのような身分か空也には見当もつかなかった。だが、対馬藩の重臣であろうことは空也にも察しがついた。

唐船志らが馬上の人となった。

「はいっ」

先導する配下のひとりが馬に気合いを入れ、駆け出した。

空也は四頭の馬が早足になったところでそのあとを追い始めた。一丁ほど行ったところで空也は唐船志のかたわらにぴたりと付いた。それを見た唐船志が、ふっふっふ、と声を忍ばせて笑い、

「雄三郎《ゆうざぶろう》、早駆けじゃ」

と命じた。

四頭の馬が山道を早駆けで進み始めた。

だが、空也は馬の速度に合わせて平然と走った。

平地ならば当然馬が人間より速い。だが、山道だ。早駆けとはいえ、馬の能力が十分に発揮されるわけではなかった。

一方、空也の山走りは修行の一環だ。山道は慣れているため、難なく馬に従っていけた。

「江戸者がどこで山走りを覚えたな」

唐船志が鞍上《あんじょう》から尋ねた。

「肥後、日向《ひゅうが》と薩摩の国境でございます」

空也は息一つ弾ませていなかった。

「そなたの薩摩入り、信用しとうなった。薩摩滞在は都合どれほどか」

「二年ほどにございます」

「薩摩剣法、並の修行ではないとみゆるな」

空也の返事を待つこともなく唐船志一行が山道から里道に下りた。とはいえ馬たちは山道で疲労していた。ゆえに、速度は上がらなかった。

「そなた、対馬最北端の岬で朝鮮の方角を見ておったが、なにゆえ朝鮮に関心を持ったな」

「麓館の渋谷重兼様の孫娘眉月様から高麗という呼び方でその国のことを教えられました。東郷示現流の追っ手から逃れる旅で、どういうわけか無性に異郷の地を眺めてみたいと思うようになったのでございます」

眉月の祖先のことは言えなかったが、ほかはありのままを伝えた。

「武者修行者がさような想いを抱いたか」

「おかしゅうございますか、唐船志様」

空也が初めて反問した。

「十九になったばかりにしては余裕の武者修行じゃな」

「いえ、追われる身を忘れたことはございません」

空也の答えにしばし唐船志が馬上で思案した。

すでに馬が走り出して四半刻《しはんとき》（三十分）は過ぎ、馬の息が弾んでいた。

「雄三郎、並足にせよ」

唐船志が命じ、だく足から並足へと速度を落とした。

空也も馬に合わせて足の運びを緩めた。

「東郷示現流の追っ手に遭遇したことがありそうじゃな」

「はい」

空也は正直に答えた。

この対馬藩と高麗には交易を通じて昔から交流があった。大陸から物資が入ってきて、情報も一緒に対馬藩に流れ込んでいた。そのために、西国の藩にあっても特異な雰囲気を醸《かも》し出していた。それは唐船志の言葉にも表れていた。

そのせいか、空也も正直に答えることになんの懸念もなかった。

「戦うたか」

「はい」

「そなたがこの対馬の地におるということは、東郷示現流の追っ手との戦いに勝ちを得たということじゃな」

空也は馬上の唐船志を見上げて首肯《しゅこう》した。

「どうりでのう、肝が据わっておるわ」

その言葉にはなにか思惑があるように空也には思えた。

再び山道に入った。

「唐船志様、お尋ねしてようございますか」

「許す」

「本日鰐浦の岬に参られたのは格別な御用があってのことでございましょうか」

「対馬藩にとって朝鮮は重要な交易国であり、またわが藩は、朝鮮通信使の江戸巡行を長年先導してきたゆえ、親しい間柄ともいえる。それがし、北辺の関所の見廻りにきた折りは、必ずあの岬に立って朝鮮を望遠するのが習わしでな」

と答えた唐船志が、

「坂崎空也、そなたには格別な想いが朝鮮にありそうじゃな」

と言った。その問いに対して空也はただ微笑《ほほえ》みを返しただけだった。

「そなた、対馬を承知か」

「いえ、あの岬近くの浜に下ろされただけでございまして、平戸《ひらど》藩の飛び地野崎島から参る船上で、船頭衆から対馬のことを断片的に教えられただけでございます」

「南北に長い島の形は野崎島とよう似ておる。だが、藩の成り立ちはどこも違うように、この対馬もまた異なる。そなたが対馬に逗留する間、よく島を見ることじゃ。それもまた武者修行であろう」

「いかにもさよう心得ます」

と答えた空也が、

「対馬領内に高麗の方々は住んでおられますか」

「鎖国下にありても、対馬藩は公儀から朝鮮との公貿易と私貿易が許されておる。高麗人参や木綿《もめん》を輸入し、京《きょう》や大坂《おおさか》に運んで商いをしておるゆえ、常に一定程度の朝鮮人がこの対馬に住んでおる。いくら貿易が許されているとはいえ、公儀は見て見ぬ振りでな」

唐船志は空也の問いに素直に答えた。

朝鮮半島と交流しているせいか、大らかな考えが対馬藩にはあるように空也には思えた。

潮風が空也の鼻をついた。峠に到着し、唐船志らが馬から下り立った。

二

対馬国一円を本領に、肥前国などに飛領を有した対馬藩は、中世以来宗氏が不動の藩主であった。

地理的に朝鮮と近く、朝鮮との交易に依存する宗家は、天正《てんしょう》十四〜十五年（一五八六〜八七）に九州征伐に下った豊臣秀吉《とよとみひでよし》より対馬国を安堵《あんど》されると同時に、朝鮮国王の入朝を取り持つよう命じられた。

秀吉の野望は九州征伐のみならず朝鮮出兵へと発展し、宗氏は先陣を命ぜられ、苦難の歴史を歩むことになる。

対馬藩の財政が確立したのは、三代目義真《よしざね》の治世下で、寛文検地《かんぶんけんち》を行い、均田制を実施し、税制を刷新した。同時に新田開発、銀の増産、朝鮮交易の振興を図り、城下の町並みや府中湊の整備などを行い、藩の基礎を固めた。

空也が鰐浦に上陸したとき、十一代義功の治世下にあった。

この十一代、義功はふたりいる。

一人めの義功は将軍御目見《おめみえ》前に早世したために、弟が義功の名をそのまま継承し、両者をもって一代とした。

唐船志十右衛門が仕えるのは二人めの義功であり、安永《あんえい》二年（一七七三）生まれゆえ寛政《かんせい》十年（一七九八）の正月、二十六歳であった。

江戸時代にあって、宗家の石高は実数では表示されず、ただ単に、

「十万石以上格」

と称された。

朝鮮交易が盛んであった頃は、優に十万石以上の実入りがあった。だが、それ

も江戸時代中期以降、財政が逼迫《ひっぱく》し、幕府の援助と借財による藩運営が続いていた。公儀の援助があったのは、対馬藩宗家が朝鮮通信使の、

「仲介役」

であったからであろう。

空也は緑に囲まれた美しい入江を見た。

治助主船頭の肥後丸は、対馬の東水道《ひがしすいどう》を抜けてきたため、島の東側の海岸線しか知らなかった。だが、朝鮮半島と対馬を隔てて横たわる瀬戸に空也は初めて接した。

波穏やかな入江の西に外海が口を開けていた。

「美しい海にございます」

空也は思わず感嘆した。

雄三郎と呼ばれた若い藩士らが訝《いぶか》しげに空也を見た。

このご時世に武者修行を行う者がいること自体、小此木《おこのぎ》雄三郎らにはまず不思議なのだろう。

また、鰐浦から一刻（二時間）近くも馬と並走しても息が上がらず、佐須奈の入江を見て最前のような感動の言葉を洩《も》らしているのだ。その顔には少年の初々

しさが未だ漂っている。

だが、与頭との話を洩れ聞くに、薩摩の御家流儀として西国で恐れられる東郷示現流の門弟たちの追捕《ついぶ》を受けながらも平然としていることに内心驚いていた。

「坂崎空也、佐須奈関所のある内海だ。その入江の先に出口が見えよう」

「はい」

「右手の岬が立場崎《たちばざき》、反対の岬がトロク崎じゃ。その外海が西水道《にしすいどう》というて、朝鮮と和国を分かつ国境の海よ。最前、そなたが見ていた海じゃ」

「かように美しく穏やかな入江を知りません」

「そなた、朝鮮通信使という言葉を承知か」

「はい、父から聞いたことがございます」

「朝鮮通信使一行が西水道を渡り、最初に入る湊がこの佐須奈じゃ。つまり佐須奈は朝鮮交易との最前線にある和国の土地なのだ」

唐船志一行は馬の手綱《たづな》を引いて佐須奈の浜へと下りていった。

その折り、唐船志は雄三郎らを先に行かせ、自らは殿《しんがり》についた。

「手綱を持たせてくだされ」

空也が願うと唐船志が素直に応じた。

「武者修行はおもしろいか。というても薩摩の刺客に付きまとわれてはのう。おもしろいなどという気分にはなるまい」

「日々違《ちご》うた御仁や景色に出会うのはなんとも楽しゅうございます」

「十九にしてその心境は父親譲りの気性かのう」

唐船志が空也の横顔を見ながら呟《つぶや》いた。

空也はなんとなく唐船志が父磐音を承知で佐須奈に誘った気がしていたが、どうやらその予測は当たったらしい。

「唐船志様はわが父をご存じでございますか」

「身罷《みまか》られた西《にし》の丸徳川家基《まるとくがわいえもと》様の剣術指南であった坂崎磐音どのではないか。坂崎どのはたしか豊後関前藩の家臣であったからな」

「やはりご存じでしたか」

「面識はないが」

唐船志が得心がいったという顔をした。

「家基様が二十歳前にして身罷られた一件については、あれこれと風聞が飛んでおる。それがし、対馬藩上屋敷がある向柳原《むこうやなぎはら》に住まいしておったで、神保小路《じんぼうこうじ》の一件は噂《うわさ》程度には承知しておる。再び神保小路に戻られた父上の尚武館《しょうぶかん》は、公儀の官営道場の如《ごと》き繁盛ぶりじゃそうな」

空也は唐船志の言葉が問いではないと察していた。ゆえに空也は黙して答えない。

「偉大な父の影を追うのは難儀であろう。そなたが命を賭《と》して薩摩に入国したというのはそのこともあってのことか」

「父は父、それがしはそれがし、そう思うております」

「割り切れるか」

「なかなかうまくいきません。唐船志様のようにおっしゃるお方がどの地にもおられます」

「それがしと出会《でお》うたのは迷惑か」

唐船志が、からからと笑った。

「それがしの命を助けてくだされた渋谷重兼様は、それがしが薩摩を出たあと、父に文《ふみ》をお出しになり、ただ今では文のやりとりをなしておられるようです」

「そなたは坂崎磐音どののよき気性を引き継いでおるのであろう」

と応じた唐船志が、

「久ノ下崎で朝鮮を眺めていたのは、渋谷重兼様との関わりか」

と再び懸念の言葉を口にした。

「唐船志様、薩摩と対馬は交流がございますか」

「薩摩は大国じゃ。琉球《りゅうきゅう》を通じての異国交易は、この対馬の朝鮮口など比べようもない。じゃがな、薩摩が幕府の海防策を利して、他藩の交易に手を伸ばすことも考えられんではないでな」

「そのご懸念は無用かと存じます。渋谷様は先の藩主島津重豪様の重臣でしたが、ただ今は麓館に隠居なされております」

「当代の齊宣様の相談方を務めてはおられぬのか」

「それがしの見るところ、渋谷様は重豪様と齊宣様の間に入ることをできるだけ避けておられます。それがしがこの地に参ったのは、渋谷様の孫娘眉月様に『高麗を望める場所に立ってみて』と願われたからでございます」

空也は、唐船志の懸念を払う要を感じて、眉月が口にしてもいない言葉で応じた。

「それでもはや約定《やくじょう》は果たせたと申すか」

「はい」

空也の返事に迷いはなかった。

だが、眉月のことをそれ以上述べる気はさらさらなかった。

浜近くで見る海はさらに湖面のように穏やかであった。

入江の真ん中に和船と、異国船のような帆船が二隻《せき》停泊していた。一隻は、唐船志たちが府中城下から乗ってきたものか。

もう一隻の異国帆船には人が乗っているらしく、なにかを煮炊きしている匂《にお》いが海から漂ってきた。

空也が異国帆船から入江に目を移すと、数十軒ほどが寄り添った民家があり、正月飾りが見えた。

「そなた、本日が何日か承知か」

突然唐船志が問うた。

空也はしばし沈思《ちんし》した。

野首の浜を出たのが元日であった。そして、船中で三日ほど過ごしたゆえ、

「寛政十年（一七九八）正月四日かと存じます」

「いかにもさようじゃ」

先を行く雄三郎らが湊の一角で足を止めた。どうやら黒塗りの門が対馬藩佐須奈関所らしい。

「こちらには藩士の方が何人詰めておられるのですか」

「朝鮮通信使受け入れのこともあるでな、三十数人が常駐しておる」

と唐船志が答え、

「そなた、剣術指導をしてくれぬか」

と頼んだ。

「唐船志様、それがし、未だ剣術修行中の身、指導など滅相もないことでございます」

「江戸の尚武館道場の主坂崎磐音どのの嫡子《ちゃくし》であり、薩摩の東郷示現流に追われても生き延びておるところをみると、そなたの技量、並ではあるまい」

「もし佐須奈関所の藩士方と稽古ができるならば幸甚です」

「それでよい」

唐船志が言った。

朝鮮通信使の受け入れは何年に一度のことであろうか。それにしても対馬藩上《かみ》島《じま》の北端の関所に三十数人は多いなと、空也は漠然と考えていた。

のちに判明することだが、対馬藩では家臣団を城下の府中に集中させず、郷村に配して土地を給していた。ゆえに他国の郷士《ごうし》の境遇に似ているが、正式には給《きゅう》人《にん》と呼ばれた。

一方、府中に残った家系を府士《ふし》と称した。

「与頭様がお戻りになったぞ」

門番が関所の奥へと声をかけ、唐船志が門を潜《くぐ》った。

出迎えに来た関所役人たちが、馬の手綱を引く空也を見て、

「何者か」

という表情を見せた。

「武者修行中の若者を鰐浦の岬で拾うた。しばし関所に滞在することになった。元木《もとき》瓢五郎《ひょうごろう》、この坂崎空也を長屋に住まわせよ。客人扱いは無用じゃ」

唐船志が壮年の者に言い、

「坂崎、この者はこの佐須奈関所の馬廻役《うままわりやく》、つまりはこの関所の頭分じゃ」

と空也に紹介した。

「元木様、よしなにお頼みいたします」

「坂崎どんか。その若さで武者修行とは感心感心、されど今時珍しかのう。だいいちこげん対馬の北辺まで武者修行に来てたい、修行相手などおるめいが」

そう言って元木がからからと笑った。

どうも唐船志が口にした武者修行という言葉を信じているふうはなかった。それにしても関所役人のだれもが脇差《わきざし》だけを差した姿だ。なんとも長閑《のどか》な形《なり》は七日正月が明けていないからだろうか。

「稽古はいつなさるのでございますか」

「決まっとらんと。坂崎どんが乞《こ》うならたい、明朝に皆で稽古ばすっかのう。よかな、ご一統」

元木瓢五郎が関所の面々に言い、

「三日正月明けたい、体が鈍っとろうもん。ちょうどよか、一睡《いっすい》流でくさ、汗をかいて、正月気分を抜くたい」

とさらに己に言い聞かせるように言い、空也に、

「坂崎どんの流儀はなんね」

と質した。

「直心影流です」

「そりゃ、江戸あたりの剣法たいね。うちの田舎《いなか》剣法とはえらい違いたい。よかな、みんな、明日を楽しみにしちょりない」

馬廻役の元木の言葉は侍とも思えなかった。だが、言葉遣いにその人柄が滲《にじ》み

でていた。

「おお、そうじゃ、坂崎どんの長屋は、ほれ、あそこたい。どこも空《あ》いとるたい。夜具は蔵から出しちょく。受け取りに行きない。おお、玄八郎《げんぱちろう》、こん人の夜具ば蔵から出してやりない」

と若い関所役人に命じた。

「お願い申します」

空也は同じくらいの歳《とし》と思える若者に頭を下げた。

「おいについてこんね」

空也を手招きした玄八郎の後に従った。

いつの間にか唐船志らの姿は関所の前庭から消えていた。おそらく関所の奥に府士らの泊まる座敷があるのだろう。

「どこから来なさったと」

玄八郎が訊いた。

「福江藩、いえ、平戸藩の飛び地の野崎島から船で参りました」

「あそこはたい、隠れ切支丹《キリシタン》がおろうもん」

「それがしは出会いませんでした。長閑な島にございました」

と空也は答えていた。

「府士の連中もあまり五島列島のことは知るめい。あげん島に行ったことのある府士はおらんやろうね」

玄八郎が首を傾《かし》げた。

「馬廻方は、あんたさんが武者修行者じゃっと笑っておられたけんど、ほんのこつな」

「はい」

「どこを回ってきなさったと」

「あちらこちら、風に吹かれた枯れ草のように立ち寄って参りました」

「そいでとうとうこげん島に辿《たど》り着いたとな。海ん中では枯れ草は飛ばされめいが、おかしかね」

玄八郎は自分の言葉に自ら笑った。

「玄八郎どの、佐須奈は静かなところですね」

「静か過ぎるとが、厄介《やっかい》たい。ばってん、朝鮮通信使一行が来るときはくさ、大変な賑《にぎ》わいたい。もっともおいは見たことはなかと」

「この地におられなかったのですか」

「この佐須奈生まれの佐須奈育ちたい。むかしは何年に一度か来とったが、あっちの都合とこっちの都合が折り合わんたい。そいで見たことなかと」

そう言った玄八郎が蔵の前で止まり、扉を開けた。

どうやら佐須奈関所では鍵などかける慣わしはないらしい。

「朝鮮通信使一行は何年も来ていないのですね」

「天明《てんめい》八年（一七八八）に来る予定やったけど、こちらの事情で来聘《らいへい》が中止になったと。そん前がたしか明和《めいわ》かな。来たと思うばってん、おいの親父どんくらいしか知るめいな」

蔵に入ると湿った臭《にお》いが鼻をついた。

「今晩はこん夜具で我慢しない。明日、天気なら日干ししようたい」

玄八郎が適当に取り出した夜具をふたりで手分けして腕に抱えた。

「あんたさんの親御どんはどこにおらすと」

玄八郎は新しい来訪者が嬉《うれ》しくてならないらしい。

「江戸です」

「なんな、あんたさん、江戸から武者修行に来たち言いなるな」

空也は一々説明するのが面倒になり、はい、と頷いていた。

「江戸はどげんところやろね。江戸は無理でんたい、せめて行きたや長崎《ながさき》に、やね」

玄八郎の話は取り留めがなく、あちらこちらに飛んだ。

「玄八郎どの、入江に異国の船のような帆船が停まっていましたが、あれはどちらの船ですか」

空也から話を変えた。

「あれな、朝鮮の交易船たい。ばってん、このご時世、朝鮮人参ばっかりじゃ、なかなか利が上がらんたい。そいでくさ、与頭どんがあちらの船とあれこれ相談に来なさったとたい」

空也は与頭唐船志十右衛門がただ鰐浦の岬を見に来ただけではないことを知った。

「対馬藩では与頭とは偉いお方ですか」

「他藩にはなか役職たいね。藩主の下に加判役《かはんやく》がおって、その下に重臣の国元家老、江戸には江戸家老、肥前の飛び地田代《たしろ》に代官、朝鮮の釜山浦《ぷさんぽ》にある倭館に館主らがおられると。こん人方は一門たいね。与頭は国元家老の下におらすと。まあ重臣のひとりたいね。とくにくさ、唐船志様は藩主義功様の信頼が厚かげな、何度も江戸に行っておらすもん」

玄八郎が空也に一気に喋《しゃべ》りながら、ふたりは長屋門に戻っていた。

「こん長屋はよう使われとるたい、ここでよかろう。行灯《あんどん》も水甕《みずがめ》も揃《そろ》うとるたい」

と門に近い部屋の腰高障子《こしだかしょうじ》を、夜具を抱えた手で器用に開けた。

確かに蔵のような湿気は感じなかった。

「お借りします」

「こげんとこで我慢できるな」

「寺の軒下や神社の回廊をお借りして寝ることもあります。これならば、それがしにとって金殿玉楼《きんでんぎょくろう》です」

「江戸もんに初めて会《お》うたばってん、おかしか話たいね。上島の佐須奈関所の長屋がくさ、金殿玉楼ち言いなると」

と呆《あき》れた顔で夜具を適当に突っ込んだ。

「そろそろ、夕飯たいね。よか。おいが、あんたさんはどこで食うか訊いてこようたい。ところであんたさんの名はなんな」

「坂崎空也です」

「くうや、な。坊主のような名じゃな」

と言いながら玄八郎が表に出ていった。

三

翌朝、浜に出た空也はいつもの慣わしの、

「朝に三千、夕べに八千」

の野太刀流の打ち込み稽古を行った。

新春の朝日が昇ってくる刻限、玄八郎が空也の稽古姿に目を留めて、茫然《ぼうぜん》としていたが、

「おい、空也どん、道場に来んね」

と誘った。

空也は打ち込み稽古を終えると、持参していた手拭《てぬぐ》いで顔の汗を拭《ぬぐ》い、

「お待たせいたしました」

と玄八郎に応じた。

昨夕、佐須奈関所で寝泊まりする若手連と一緒に関所の台所の板の間で夕餉《ゆうげ》を

摂《と》った。

囲炉裏《いろり》の自在鉤《じざいかぎ》にかけられた鉄鍋は海鮮鍋で、なんとも美味《うま》かった。さらにその汁を蕎麦《そば》粉十割の蕎麦にかけて食したのが、素朴で絶品だった。

「空也どん、腹減らしとったな」

空也の食いっぷりを玄八郎ら五人の若手連が呆れ顔で見ていた。

地付きの給人の子弟は、関所に勤めるか漁師になるかしかない。唐船志の従者三人の府士とは身分が違った。

玄八郎の姓は寄木《よりき》で、二十歳だという。

仲間は、野々村康之《ののむらやすゆき》二十三歳、伊地隈之助《いじくまのすけ》二十一歳、八反田伊吉《はったんだいきち》二十二歳、鶴《つる》辺新三郎《べしんざぶろう》十九歳と、四人とも空也と近い年齢だった。

「玄八郎どの方は毎夕、かように美味な馳走《ちそう》を食しておられるのですか」

と空也が訊き返すと、

「これが馳走ち言いなるな。米が穫《と》れんけん、昔から米代わりの蕎麦たい。ぼそぼそして美味《おい》しゅうなかろうが。そんで鍋汁をかけて食うたりしとるだけたい」

空也と同い年の新三郎が言った。

「わしらが白米を食えるんは、年になんべんあるとやろか。盆と正月ち、言いたかばってん、こん正月は白米にお目にかかれんかったな」

最年長の野々村康之が茶碗《ちゃわん》で濁り酒を飲みながら、だれとはなしに言った。

「空也どん、あんたさん、野崎島から来たち、玄八郎に言うたな。隠れ切支丹を探索する長崎か江戸の役人じゃあなかかな」

隈之助が空也に訊いた。

「それがしがですか。そのような役人に見えますか」

「隈之助、十九で隠れ切支丹の取り締まりはあるめい。それに与頭の唐船志様が連れてこられたとぞ。そげん役人ば、関所に連れてくるめいが」

伊吉が反論し、尋ねた。

「空也どん、風に吹かれた枯れ草のようにあちらこちらで武者修行ばしてきたと玄八郎に言うたな。どこば回ってきたとな」

空也と同世代の若者だ。他国からの訪問者に関心を示してあれこれと質した。唐船志に答えたと同じように、薩摩入国から滞在のこと、出国して再訪した人吉のタイ捨流丸目道場で修行したこと、さらには福江の桜井冨五郎道場に寄宿しながら稽古を積んだことを空也は語った。

「待ちない」

年長の野々村康之が空也の説明に異を唱《とな》えるように言った。

「薩摩は他国者を寄せつけめいが、どげんして入ったとな」

空也はかいつまんで薩摩入国の経緯《いきさつ》を語った。

しばし黙っていた五人が一斉に喋り出した。もはやこうなると空也には理解がつかない土地の訛《なま》りだった。

「武者修行は人との出会い旅と思うております。皆さんもそうですが、薩摩でもさような方々に助けられて逗留できたのです」

「ふーうっ」

と濁り酒を飲んだ康之が、

「嘘《うそ》か真《まこと》かよう分からんたい。明日の道場稽古で分かろうもん」

と呟いた。

佐須奈関所の道場はせいぜい六間から八間四方か。

一応見所《けんぞ》があり、神棚も設《しつら》えてあった。道場には昨夜《ゆうべ》の五人のほかに、馬廻方の元木瓢五郎ら年長者が十人ほど集まっていた。

稽古を始めようとしたとき、与頭の唐船志と三人の従者が姿を見せた。従者三人は一応稽古をする形《なり》をしていた。

「唐船志様、稽古見物ち言わるるな。珍しかたい」

と言った元木が、

「坂崎どん、唐船志様に稽古ば見せんね」

と誘いかけた。

「独り稽古ですか。それともどなたかお相手をしてくださいますか」

空也は元木に話しかけた。

見所の唐船志十右衛門は一言も喋らない。

「元木様、おいが一番手でよかですか」

玄八郎が空也の稽古相手を務めると申し出た。

「よか、佐須奈関所の面目《めんぼく》を汚すでなか」

元木が玄八郎に言った。

玄八郎だけが空也の凄《すさ》まじいまでの木刀の素振《すぶ》りを見ていた。

それゆえ、空也に近付いた玄八郎が、

「おいのど頭ば打ち砕くじゃなかぞ」

と囁《ささや》いた。

「玄八郎どの、こちらでは竹刀《しない》稽古はなさいませぬか」

「竹刀は手造りたい。そいでもよかな」

「構いません」

空也の返答に玄八郎が竹刀を持ち出してきた。乾燥させた竹を四つに割ってその先端に革袋がかけてある素朴な竹刀だ。

「こいでどうな」

「結構です」

「よかな、空也どん。おいの親切を忘れちゃいけんたい」

「はい」

ふたりが話し合っているのを見て元木瓢五郎が、

「なんばしとっとか。早う打ち合わんな」

と怒鳴った。

「元木様はあん木刀の振りば知らんたいね」

ぼそりと言った玄八郎が、

「よかな、おいの言うたことを忘れちゃいけんたい」

と言葉を重ねた。

笑みを返した空也が後ろに下がり、間合いをとった。

互いが正眼《せいがん》に構えた。

その瞬間、玄八郎が固まった。

「玄八郎、どげんしたとな」

元木瓢五郎が玄八郎を怒鳴った。

「玄八郎どの、それがしと同じように深呼吸を何度かいたしましょうか」

空也はそう言うと、玄八郎の緊張をほぐすように深呼吸を繰り返した。緊張は解けたが、もはや闘争心は薄れていた。

「元木様、おいの出番はこれまでたい」

玄八郎がさっさと下がった。

「なんな、情けなかな。稽古もなにもなかろうが」

「佐須奈関所の面目を考えたと」

玄八郎が言って、竹刀を八反田伊吉に渡した。

「おいが二番手な」

「伊吉どん、構え合うたら分かるたい。よかな、力を出しきりない」

ふーん、と伊吉が言い、空也の前に出た。

空也は夕餉を一緒にした五人の挙動を見て、剣術がいちばん上手だと推測したのが伊吉だった。

「伊吉さん、よろしゅう願います」

「玄八郎はなにを考えたとか」

そう言いながら、ふたりは相正眼で構えた。

その瞬間、伊吉も空也の静かなる構えに気圧《けお》されたように固まった。自ら一度構えを解いて両肩を上げ下げし、

「いくばい」

と自らを鼓舞するように言って正眼に構え直した瞬間、面打ちで攻めた。

空也は伊吉の動きを見ながら、そよりと竹刀を動かして伊吉の面打ちを弾《はじ》いた。

すると伊吉の体勢が崩れて床に転がった。

「ありゃ、どげんしたとな」

野々村康之が玄八郎と伊吉の奇妙な行動を質した。床に転がった伊吉が、その場に胡坐《あぐら》をかいて、

「康之どん、いかんいかん」

と答えた。

が、

「わしら、空也どんと合わんたい。蛇に睨《にら》まれた蛙たい」

八反田伊吉の返事に、元木瓢五郎が見所の唐船志を黙って見た。すると唐船志が、

「どうじゃ、小此木雄三郎、そなたが稽古をつけてもらえ」

と従者の小此木雄三郎に命じた。

「与頭、それがし独りでかかっても、どうにもなりますまい」

府士の小此木雄三郎は、馬と併走した空也の走りっぷりから技量を見抜いていたようで、そう答えた。

「よかろう。五所平次郎《ごしょへいじろう》、村上信助《むらかみしんすけ》、そなたら三人がかりで打ち込んでみよ」

と命じた唐船志が空也を見て、

「坂崎、よいな」

と質した。

空也は会釈した。

「坂崎どの、木刀に替えてよいか」

雄三郎が言い、空也も手慣れた木刀に替えた。

礼をし合って三対一の稽古になった。

府士が三人がかりで空也ひとりと稽古をすることに、どの給人も口を挟まない。黙したままただ展開を見守っていた。

空也は直心影流の正眼に構え、三人を見た。

「ふうっ」

と雄三郎が息を吐いた。

「参る」

空也の正面に立っていた雄三郎が、小手を狙《ねら》って胴に返す得意の戦法で仕掛けた。だが、空也にあっさりと読まれて木刀を外された。続いて左右のふたりが同時に仕掛けてきた。

空也は一歩踏み込むと、左右の五所平次郎と村上信助の打ち込みを一瞬にして弾き、手から木刀を飛ばしていた。

驚きの声が道場に洩れた。

木刀を手にしたままの雄三郎と一対一の稽古になった。

雄三郎は最初の打ち合いを見て気持ちをもう一度切り替えていた。敵《かな》う相手ではない、ならば一手でも多く打ち合ってみたいと。

空也はその気持ちを察した。

雄三郎は一方的に攻め続け、空也は受けに徹した。

どれほど続いたか。

攻める雄三郎の足が縺《もつ》れたとき、空也が木刀を引いた。雄三郎が腰砕けに道場の床に座った。

雄三郎は、剣術にはいささか自信があった。それが赤子扱いで自滅した。

「雄三郎、坂崎の強さが分かったか」

「いえ、得心がいきませぬ」

「稽古相手に不満か」

「いえ、独り相撲《ずもう》を取ったようで、なにもさせてくれません」

唐船志が忍び笑いを洩らした。

「そなたら、この者の親父様が何者か承知か」

空也は唐船志を見たが、対馬藩の重臣は大らかなのか、

「先年身罷られた西の丸家基様の剣術指南をなされ、ただ今は江戸城近くの直心影流尚武館道場で指導しておられる坂崎磐音どのじゃ。あの親にしてこの子ありと思わぬか」

と自慢げに言った。

雄三郎が両眼を見開いて空也を見た。

「そなたの父御《ててご》が坂崎磐音様とな。剣聖の子とは知らず、ひとり勢い込んでしもうた。坂崎どん、相すまぬ。稽古にもなにもなるまい」

「いえ、稽古は繰り返すことが肝要かと存じます。その積み重ねが力になると、それがしは思うております」

「親父様の七光ではないと言われるか」

「父はそれがしの目標にございます。それがしはただ目標に向かって日々努力するだけです」

と言った空也が、

「玄八郎どの、稽古をいたしませぬか」

と誘った。

「おいと稽古をすると言いなるな。下手と稽古してんなんもなるめい」

「いえ、それは違います。体を動かせば頭の中の邪念が消えます」

「よか、もう一遍試してみるか」

と玄八郎が言い、竹刀を取りに行った。

朝稽古が終わったのは、いつもより遅い四つ（午前十時）の刻限だった。

空也がその場の全員と手合わせしたからだ。空也との稽古を終えたとき、皆はふらふらになっていたが、当の空也は息一つ弾ませてはいなかった。

「空也どん、おんし、きつうなかな」

玄八郎が質した。玄八郎は最初に立ち合ったゆえ、いくらか元気を取り戻していた。

「大丈夫です」

「朝、おいが見た稽古を続けるとこうなるな」

「あれは薩摩の野太刀流の稽古です。『朝に三千、夕べに八千』振り抜くことを毎日やっていれば、持久力はつきます」

「振り抜く回数は喩《たと》えではなかと」

「いえ、実践してみせましょうか」

「おいも見たか」

八反田伊吉が空也に願った。

「タテギと呼ぶ道具を庭の一角に設えてくれませんか」

と言うと、空也は図面を描いてみせた。

「なんな、こげん台二つの間に枝ば何本も置けばよかとな。造作もない、なんぞ工夫できようたい」

空也は伊吉と一緒になって佐須奈関所の庭にタテギを造った。佐須奈関所では大工仕事などお手のもののようで、自分たちでなんでも拵《こしら》えた。ゆえに道具も木材も揃っていた。

「これでようございましょう。伊吉どの、木刀で叩《たた》いてみますか」

「なんちな、こん束枝を木刀で打ち据えろと言いなるな」

そう言いながらも伊吉が木刀を手に即席のタテギの前に立ち、腹に力をためて束枝を叩いた。その途端、木刀を手放し、

「あ、痛た、痛かたい。こいを相手に続け打ちなんちできるもんな」

と悲鳴を上げた。

空也は黙ってタテギから数間離れて立った。

唐船志らも道場から庭の様子を見ていた。

空也はタテギから目を離すことなく一礼し、木刀を右蜻蛉に、すいっと構えた。

その美しい姿にだれからともなく、

「おおー」

という感嘆の声が洩れた。

右蜻蛉とは木刀を右肩近くから真っすぐに立て、右足を前に腰を沈めた姿勢だ。

皆が声もなく見守る中、助走を始めた。タテギの前で再び腰を沈めると、

「きえーっ！」

という気合いを発した。次の瞬間、木刀をタテギに向かって打ち下ろし、たちまち左蜻蛉に構え直して打ち下ろした。タテギが揺れ、右、左と繰り返す続け打ちの音が佐須奈関所に響き渡った。

麓館でも加治木でも、

「地面を叩き割れ」

と教えられるとおりの勢いで振り下ろされる続け打ちは、平然と四半刻続き、最後の右蜻蛉からの打突でタテギをへし折っていた。

「この勢いで『朝に三千、夕べに八千』を毎日繰り返すのが、薩摩の野太刀流の稽古でございました」

空也の透き通った声音に唐船志の口から次の言葉が洩れた。

「そなたが薩摩に逗留しておったこと、ただ今この刹那《せつな》、あらためてそれがしは

得心した」

ほかの者はなにも応《こた》えなかった。

四

その日の昼下がり、空也は唐船志に、

「朝鮮の帆船を訪ねるが同道せぬか」

と誘われた。

空也はしばし沈思した。

これまでの経験からいって、未知なる場に誘われると、なにか厄介事に巻き込まれていた。空也にとって修行の旅は、

「出会い旅」

といえども、唐船志は異国の者に、空也を剣術家坂崎磐音の嫡子として紹介するであろう。

となれば、朝鮮側も空也に腕試しを望むのではないか。

異国の剣術と木刀を交えるのは悪いことではない。だが、朝鮮の船が朝鮮通信

使の下準備と交易の話し合いに来ているのであれば、その対戦は、朝鮮との交易に影響を及ぼすことになるのではないか、そのようなことを咄嗟《とっさ》に考えた。そして、坂崎空也と素直に名乗ったことを後悔した。だが、口にしてしまったことは致し方ない。

「唐船志様、有難いお申し出ですが、それがし、こちらで稽古を続けさせてもらいとう存じます。いえ、それがし、昨日、鰐浦の岬から望んだ高麗の陸影で、もはや十分にかの方の想いを果たし得たように思えます」

「ほう、これは得難き機会とは思わぬか。そなたの武者修行にはならぬか」

と唐船志が語気を強くした。

「このところ体を動かしておりませぬ。この数日、稽古に専念しとうございます」

空也は重ねて断った。

「分かった」

唐船志は、佐須奈関所をすたすたと出ていった。だがその背には、

「思いがけない拒絶」

を受けたという怒りが見えた。

その場にいた小此木雄三郎が、

「坂崎どの、与頭のご厚意を無下《むげ》にすることもあるまい。翻意してはいかがか。今後のそなたのために言うておる」

と言った。

唐船志と雄三郎ら対馬藩府士の態度と言葉が微妙に変わっていると、空也は考えた。

昨夜、

「坂崎空也は対馬藩のために益するか、また害を招くか」

と唐船志らは話し合ったのではないか。空也はそんな推量をしたうえで、

「小此木どの、申し訳なきことながら、こちらで稽古を続けさせてくだされ」

と乞うた。すると雄三郎が、

「残念なり。唐船志様は、朝鮮人の剣術遣いとそなたを立ち合わせる機会を作ろうとしておられたのだぞ」

と非難めいた言葉を残すと上役のあとを追った。

残った空也のもとへ寄木玄八郎が近寄ってきた。

「玄八郎どの、非礼に過ぎたでしょうか」

空也が玄八郎に訊いた。

「断ったのは坂崎どん、おんしの信念たい。おんしは、対馬藩の家臣じゃなかと。対馬のお偉いさんの都合ばかりではいかぬことも世間にはままあろうたい。わしはおんしの言葉を聞いて、そん勇気に魂消《たまげ》たばい。またその強さを羨《うらや》ましく思うたと。わしら給人は、府士になんの言上《ごんじょう》も注文もつけられんと。給人は生涯この地暮らし、虫けらたい。おんしは虫けらの気持ちをくすぐったもんね」

玄八郎は満足げに笑った。

「玄八郎どの、唐船志様のご厚意をお断りした以上、こちらの世話になるわけにはまいりません。それがし、関所を出ます」

空也の言葉に玄八郎がしばし考え、顔を横に振った。

「おんしの気持ち次第じゃったい。こん佐須奈にしばらく留まりたければ、そげんすればよか。明日には、唐船志様方と朝鮮の船は、府中に向かおうたい」

「明日、唐船志様方は府中に戻られますか」

「まず、そげんすっとみた。与頭の唐船志様は、おんしをたい、あん船で府中に連れていきたかったと違うやろか」

玄八郎の言葉を吟味した空也は、

「再びお誘いを受ける前にそれがし、この佐須奈を出ます」

と応じた。

「そいがよか。そいでくさ、また明日の夕刻に戻ってきない。もう船も与頭様方一行もおらんたい」

空也はもはやこの佐須奈には戻らぬ考えだった。玄八郎は空也の言葉を早合点していたが、それはそれでそのままにしておこうと思った。

「玄八郎どの、上島で高い山はどこでござろうか」

「山な。上島なら御岳《みたけ》やろ。千六百尺（約四百七十九メートル）はあろうたい。下島《しもじま》ではくさ、有明山《ありあけやま》の千八百四十一尺（約五百五十八メートル）やろな。御岳より二百尺あまり高うなかろうか」

と大雑把《おおざっぱ》な知識を披露《ひろう》した。

「それがし、御岳に登って参ります」

「こいからな。麓に行くまでに日が暮れるばい」

「山歩きは慣れております。玄八郎どの、心配無用です」

空也は仕度を急ぎ整えて、玄八郎の仲間の康之、隈之助、伊吉、新三郎らに別れの挨拶《あいさつ》をした。だが、康之らは玄八郎に経緯を聞いたか、空也が明日にもこの

佐須奈関所に戻ってくると考えたようで、

「与頭一行が府中に戻られたらくさ、佐須奈はのんびりしたもんたい。空也どんの好き放題に稽古ばしない」

「気いつけて行きない」

などと言って送り出してくれた。

空也はもう佐須奈に戻ってくるつもりがないので、胸の中で詫《わ》びの言葉を告げながら関所を出ると、上島を南北に貫く街道に出た。

上島の佐須奈から下島に南行するには、大きく分けて島の東水道側を抜ける街道と、西水道側を通る街道の二つがあった。

空也は西水道側の街道を選んだ。

すでに刻限は八つ（午後二時）を過ぎていた。

とはいえ、急ぐ旅ではない。それでも空也の並足は飛脚並みの早足だ。

歩き出してすぐに西水道から逸《そ》れて山道に入った。往来する人はほとんどいなかった。

佐須奈を出て半刻《はんとき》（一時間）も歩いたか。

空也は知らなかったが、街道の西側に太田《おおた》隈山《ぐまやま》、そして東側に御岳があり、その間を抜ける街道に入っていた。

　山道では日が暮れるのが早い。むこうから竹籠《たけかご》を背負った杣人《そまびと》がやってきた。破《や》れ笠《がさ》の下は白髪《しらが》の年寄りだった。

「お侍、こいから山越えな」

「そうするつもりです」

「樫滝《かしたき》の郷に着く前にくさ、日が暮れるばい、急ぎない。山道は獣の縄張りたい、危なかもん」

「ご忠言有難うございます。途中日が暮れるようならば、山小屋の軒下なりとも探して体を休めます」

「お侍はん、肝が据わっとるね。府中のお侍さんな」

「いえ、武者修行の者です」

「むしゃしゅぎょう、な。おうおう、剣術修行たいね」

「はい。山道にも夜道にも慣れております」

「よかよか、けど油断は禁物ばい」

「肝に銘じます」

別れを告げた空也は再び歩き出した。

山道の途中で日が落ちたが、空也は歩みを止めなかった。歩きながら、玄八郎らから昨夜聞いた話をあれこれ考えた。

辺境の地にある対馬藩にとって朝鮮通信使招聘は、光がただ一つあたる唯一の、

「大行事」

ではないのか。

同時に江戸幕府にとっても朝鮮との関わり、つまり朝鮮国代表を江戸へ、

「挨拶」

に出向かせるのは、大事な政《まつりごと》のはずだ。

それが、幕府が対馬藩を、

「十万石以上格」

と認める唯一の理由だったのだ。

だが、天明八年に予定されていた朝鮮通信使来聘の延期は対馬藩の事情、つまりは費《つい》えが工面できなかったからだと、佐須奈関所の玄八郎らは空也に推量を含めて説明してくれた。

おそらく本日の唐船志一行が朝鮮の使者と話し合うのは、朝鮮通信使招聘のための重要な下工作であろうと、空也は思った。ならば武者修行の身である己は政

に関わることはできるだけ避けるべきではないか。

己は武者修行の身だと、空也は改めて肝に銘じた。

そのとき、背後から馬蹄《ばてい》の響きがした。

空也は咄嗟に街道をはずれて雑木林の中に身を潜めた。

馬蹄は複数で、わずかな三日月の光を頼りに走っていた。この街道を熟知せねば、まずこのような無茶はできまい。

空也を追跡する唐船志の配下小此木雄三郎らであろうと思った。

そして、雑木林の暗がりに身を潜めた空也の十間ほど先を四頭の馬が駆け抜けていった。

そのうちの三頭は間違いなく唐船志十右衛門に従っていた三人の府士だった。

これで樫滝の郷に一夜の宿りを求めるのは無理だと分かった。空也は街道を避けて雑木林の中を、木刀で下草などを払いながら進んでいった。

半刻もした頃、水の音が聞こえた。

空也は、せせらぎを頼りに流れを目指して、微《かす》かな星明かりを映す川に出た。

仁田川《にたがわ》だが、むろん空也はその名を知らない。

川辺に下りて、川舟か小屋はないかと探した。すると苫葺《とまぶ》きの杣小屋があった。

人の気配はない。足音を忍ばせて近付き、小屋の扉に手をかけると、

「だいな」

と男の声がした。

「旅の者です」

「旅人がなんの用な」

「この小屋はそなたの持ち物ですか」

「わしの持ち物ち、問われると。あんたと一緒、一夜の宿りにこの小屋を借りた人間たい」

「ならば、それがしにも小屋の片隅を貸してもらえませぬか」

「あんたはだいな」

先住の男は空也の身分を確かめた。

「武者修行の身です」

「なんち言いなるな。こげん不便な対馬に武者修行ち言いなると」

「はい」

「名は」

「坂崎空也です。高すっぽと呼ばれています」

空也は相手が何者か分からなかったが、佐須奈で本名を名乗った以上、相手によって変えるのは決してよいことではないと考えた。

「武者修行ち言いなったが、流儀はなんな」

「直心影流」

「ほう、東国の剣術やな」

相手は剣術界にも知識があるのか、そう言った。

「相宿《あいやど》はできませぬか」

「よか。ゆっくりと戸を引いて入ってきない」

空也が男の命《めい》に従って入ると、男の体が囲炉裏の火を隠していた。だが、空也が戸を開けたせいで、鼻孔に火の温《ぬく》もりが押し寄せてきた。

気配を消して人気《ひとけ》も火の気《け》も感じさせなかった男は、ただ者ではない、と空也は思った。

片膝《かたひざ》をついた男の手には鉈《なた》があった。

「木刀を置かんな」

「刀はどうしますか」

「まだ若いな」

言葉遣いが変わった。空也を認めて安心したか、険が消え、訛りを捨てていた。

「十九です」

「いつから武者修行に出たな」

「十六の夏でした」

「足掛け四年か」

「二年半です」

空也は実際に修行した歳月を述べた。

「その若さでただ者じゃないな」

「そなた様こそ」

木綿の縞《しま》ものを着込んだ男が笑い、

「火のそばに来るがいい。袖《そで》振り合うも多生《たしよう》の縁たいね」

と自らの体で隠していた囲炉裏の火のそばに招いた。

男は竹串に刺した川魚を囲炉裏のちょろちょろとした火で焼いていた。

「お邪魔します」

土間に直《じか》に設けられた囲炉裏の火の前に立った空也は、道中嚢を下ろして羽織を脱ぎ、丁寧に畳むと土間の隅に置いた。そして、修理亮盛光を腰から抜いて羽織の上に置いた。

脇差だけを腰に残して囲炉裏に近付いた。

「対馬に何用ですか」

「こんどはわしに尋問か」

「お互いさまです。ときに身の上を語れば退屈も紛《まぎ》れます」

「なぜわしが対馬の人間でないと決めつける」

「その言葉です」

「ほう、対馬藩宗家の家臣の言葉遣いではないと言うか。城下の侍ならばこれくらいは喋ろう」

「形《なり》も対馬藩士とは思えません」

男は縦縞の木綿の袷《あわせ》の下に脚絆《きゃはん》を巻き、足袋《たび》に草鞋《わらじ》履きだ。

「そなた、いつ対馬に入ったな」

「昨日です。上島北端の鰐浦近くの浜に船で送ってもらいました」

「武者修行の若者が船を雇うたというか」

「いえ、いささか事情がございまして送っていただいたのです」

「昨夜はどうしたな」

空也は差し障《さわ》りがないと思える経緯をかいつまんで話した。

「ほう、与頭の唐船志に拾われたか」

男は唐船志を承知していたが、その口ぶりから、決して親密な間柄とも思えなかった。

「はい」

「そして、朝鮮の船に同道しろと命じられたが、断ったゆえに追跡を受ける身になったと言うか」

「はい。今から半刻前、四頭の馬がこの界隈《かいわい》の郷へと駆け抜けていきました。府中に戻るのなら、帆船に乗るはず。馬で夜道を駆ける曰《いわ》くはありますまい」

「ないな」

と未だ名を名乗ろうとはしない男が空也に言った。

「明日はどうする」

「郷を避けて東水道へと抜けてみようと思います」

「それも手だな」

と応じた男が串焼きの魚を摑《つか》むと空也に差し出した。

「頂戴《ちょうだい》してよろしいので」

「そなたの言葉は江戸弁じゃな」

「そなた様も。ところで名はなんと申されます」

「鵜飼寅吉《うかいとらきち》、大概はトラ、と呼ばれておる」

本名か偽名か知らぬが、空也の何度目かの問いに答えた。

「それがしは、どこへ行っても高すっぽと呼ばれることが多いです」

「そなたは上背があるでな、高すっぽか。トラと高すっぽ、悪くない」

と得体の知れぬ相手が言い、頷いた空也は串刺しの魚を口に咥《くわ》え、熱さを堪えながら食して、

「美味いです」

と応えた。

妙な一夜が始まろうとしていた。

第二章　尚武館の具足開き

一

寛政十年正月、薬丸新蔵は隅田川《すみだがわ》河畔の尚武館小梅村《こうめむら》道場で二十四歳を迎えた。

小梅村の道場主田丸輝信《たまるてるのぶ》が、

「新蔵どの、近く具足開きを神保小路の尚武館道場で行うが、新蔵どのも参りませんか。東国の剣術家の大半の人士が尚武館に顔を揃えます」

と誘った。

しばし沈思した新蔵は、

「おいはこん小梅村で稽古をしたか」

と答えた。

「新蔵どの、そなたの夢を叶えるには、東国の剣術家と知り合《お》うておくほうがよいのではないですか」

輝信は、新蔵の評判が江戸の剣術界で芳《かんば》しくないことを気にかけていた。神保小路の具足開きの折り、道場主坂崎磐音の客人として薬丸新蔵を参加者一同に紹介するならば、東郷示現流といえどもそう軽々《けいけい》に新蔵に手出しできない。輝信はそう考えたのだ。

野太刀自顕《じげん》流と自ら命名した流儀を江戸で広めたいという野心を抱いていることも輝信は承知していた。となれば、尚武館の具足開きで江戸の剣術界の人士と親交を深め、新蔵が関わりあった道場の面々と、

「和解」

しておくのが大事だと輝信は考えたのだった。

小梅村の長閑な道場の暮らしを新蔵は気に入っていた。静かな環境の中で、

「朝に三千、夕べに八千」

の続け打ちをこなし、時に人がいない道場で薩摩拵えの剣を使って、

「抜き」

の稽古を続けた。

新蔵は、この小梅村での稽古三昧《ざんまい》の日々も終わりに近付いていると感じていた。

そんな折りの田丸輝信の申し出であった。

「輝信どん、しばし考えもんで、時ば貸してたもんせ」

と願った。

「具足開きは十一日ゆえ、考える時はまだ何日かあります」

輝信の誘いは当然坂崎磐音も承知のことだと新蔵は察していた。

新蔵は、この日、小梅村の母屋《おもや》の庭の一角にある野天道場で、四隅に立てられた堅木《かたぎ》を木刀で叩いて回る稽古に没頭した。

時がどれほど経ったか、だれかに見られている気がして稽古をやめた。すると母屋の縁側で小田平助《おだへいすけ》と竹村武左衛門《たけむらぶざえもん》が茶を喫《きっ》しながら新蔵の独り稽古を見ていた。だが、新蔵は気付いていた。

新蔵の稽古に関心を抱いて見ている、

「眼」

があり、それは平助でも武左衛門のものでもなかった。

新蔵に敵意を抱く者の眼だろう。となると江戸で道場破りをした道場と関わりある者か、あるいは東郷示現流の追っ手が新蔵の小梅村滞在を嗅《か》ぎつけたかのどちらかだろう。

だが、新蔵にとってはどちらでもよいことで、降りかかる火の粉は払うまでだ。

「おい、薩摩っぽ、こっちに来て茶を飲まんな」

武左衛門の胴間声《どうまごえ》が小梅村に響き渡った。

新蔵は苦笑しながら野天道場から母屋の縁側に向かった。それにしてもこの小梅村にいると安息を感じるのはどういうことか。

新蔵は薩摩でも江戸でも常に闘争心をむき出しにして生きてきた。だが、坂崎磐音に出会って、

「己が変わった」

と感じていた。時には戦う気持ちを解き放ち、安息に身を置くことがどれほど心地よいか。と同時に、ぎらぎらとした闘争心を忘れるのではないかという、

「恐れ」

も感じていた。そんなとき新蔵は、空也が幼い頃から独習したという野天道場での堅木打ちや、タテギ相手の続け打ちをこなして心身をとことん痛めつけた。

手拭いで汗を拭《ふ》きながら母屋の縁側に近付くと、輝信と嫁の早苗《さなえ》が、焼いた餅《もち》と新蔵の分の茶を運んできた。

「おい、新蔵どん、おまえさんの稽古はまるで闘犬の喧嘩《けんか》じゃな」

武左衛門が餅に手を伸ばしながら言った。

小梅村には、多彩というか、変わり者が集まっていた。それを纏《まと》めるのが田丸輝信と早苗の道場主夫婦だ。

「薩摩の剣法は一撃必殺、闘犬の喧嘩と同じじゃってでな」

新蔵が武左衛門のいささか失礼な言い方をあっさり認めた。武左衛門にずけずけと言われても腹が立たない自分が不思議だった。

「新蔵どん、武左衛門さんが言われるごと、今日の独り稽古はきつかな。だいに見せたとやろか」

小田平助は言った。新蔵をどこからともなく窺《うかが》う眼に平助も気付いていたのだ。

「平助どん、おいは稽古をやっちょっと、ほかのことは分からんで」

そう新蔵は答えるに留めた。

「おまえさんの好敵手の空也は、どこをほっつき歩いているのかのう」

武左衛門が餅を食いながら話柄を変えた。

「さあて、肥後の八代《やつしろ》湊を発《た》ったことを綴《つづ》った文が渋谷重兼様から届いたのが最後だと神保小路で聞きましたがな」

輝信が答えた。

そのとき、道場のほうから向田源兵衛《むこうだげんべえ》がやってきた。源兵衛は殴られ屋稼業から足をとうに洗い、すっかり小梅村の暮らしに馴染《なじ》んでいた。

「皆さん、お揃いですね」

早苗がすぐに源兵衛の茶と餅を用意するために台所に姿を消した。

「おい、殴られ屋の旦那《だんな》、おまえさんも諸国を巡ってきた武芸者じゃろう。肥後の八代から船でどこに向かうか、思いつかんか」

「武左衛門さん、それがし、殴られ屋稼業で肥後八代まで遠出したことはございませんでな、見当もつきません」

と源兵衛が言った。

「ただ今の空也様はくさ、どげんとこでも修行の場はあろうたい。新蔵どんが江戸でくさ、ひと暴れしたあとにこん小梅村で体を休めてくさ、独り稽古をしなるごと、おそらく長崎あたりで修行を楽しんでおられるとちごうね」

そう平助が言うのに武左衛門が返す。

「平助さんや、長崎で新たな娘を見つけて楽しんでおると言うのか。そりゃ危ないぞ。長崎といえば隠れ切支丹がおる土地柄ではないか。そのような所で隠れ切支丹の娘と懇《ねんご》ろになって、江戸に連れてきてみよ」

「父上、妄想はよしてください。空也様は父上とは違い、賢いお方です。さようなことなど金輪際ございません」

早苗が源兵衛の茶と焼餅を持ってきて言った。

「早苗、男と女が一緒にいれば、なんとのうそうなるのがこの世の習いじゃ。早苗、おまえも手近に輝信がおったゆえ、くっついたのだろうが」

「父上に言われたくございません」

早苗が愛想が尽きたという顔で父親に言ったとき、野天道場に五人の武芸者が姿を見せた。

新蔵が最初に反応して、まず常に身から離さない木刀を手にした。

「どなたかな」

小梅村の尚武館道場の主、田丸輝信が五人に声をかけた。だが、相手は答えない。

「輝信どん、おいの追っ手でごわんど」

薬丸新蔵が立ち上がった。

「待ってくだされ。ここは尚武館道場にござる。ゆえにそれがしがまず用件を問い質す」

決然とした口調で新蔵の動きを制した。

「そなた方、薩摩の衆か」

輝信は東郷示現流の名は口にせず質した。
・それでも相手は答えない。五人がさらに近付いてくると、輝信の両側を向田源兵衛と小田平助がすっと固めた。
「そなたらに申し上げる。この地は、神保小路の直心影流尚武館の小梅村道場である。この場での理不尽な闘争は許さぬ。お退《ひ》きなされ」

輝信はあくまで言葉で説得しようとした。

輝信ら三人は、五人の薩摩者の前、五間（約九メートル）ほどのところで足を止めた。

尚武館小梅村道場主の田丸輝信は、東郷示現流との関わりを持ちたくなかった。だが、小梅村の敷地内での闘争を黙って許すわけにもいかない。

五人が薩摩拵えの刀を蜻蛉に構えた。

小田平助は槍折《やりお》れを、輝信と向田源兵衛は刀を抜いた。

それまで縁側の前でじいっと立っていた新蔵が、

「輝信どん、こいはおいの騒動《そど》でごわんで」

と叫び、一気に駆け出した。

「新蔵、鹿児島《かごんま》の報いじゃっど」

五人の中のひとりが叫んだ。

「心得もした」

三人のかたわらを駆け抜けた新蔵が叫び返し、野天道場の中に飛び込んでいった。

先手を取ったのは東郷示現流一派だった。

だが、突如一歩踏み出た田丸輝信の気配に阻《はば》まれて、間を外した。

その隙《すき》をついて新蔵が虚空に飛び上がると、一気に正面の武芸者の肩口に木刀を叩きつけた。

「ぎゃあーっ」

という悲鳴が小梅村に響き渡った。

輝信が両者の闘争を止めようとして戦いの場に入ろうとしたが、両側から小田平助と向田源兵衛が袖を握って、

「輝信どん、もはや手遅れたい」

「やらせるしかない」

輝信の動きを止めた。

五対一の戦いを常に主導したのは新蔵だった。地の利を生かし、虚空に飛び上がりながら相手方を襲い、瞬く間に三人の東郷示現流の武芸者を倒した。

五対一の多勢に無勢が、二対一になっていた。

そこで初めて新蔵が足を止めた。

「おい、新蔵どん、相手を殺しちゃならんぞ」

いつの間にか輝信ら三人のかたわらに来ていた武左衛門が思わず声をかけた。

その声が東郷示現流の残りふたりを怒らせ、反対に新蔵を落ち着かせていた。

互いに右蜻蛉の構えで睨み合った。

間合いは三間。

互いが睨み合ったあと、追っ手のひとりが、

「きえーっ」

と猿叫《えんきよう》を発すると新蔵に打ちかかっていった。

新蔵は、薩摩剣法では珍しく先手を捨て、後《ご》の先《せん》で受けた。野太刀流にしては、

「静かなる手」

だった。

小梅村道場で覚えた直心影流の技だった。

相手が間合いを詰めて打突に入る直前、新蔵は右蜻蛉の姿勢のまま木刀を振り抜いていた。

新蔵のほうが単純な動きだっただけに、相手の肩口に木刀が落ちるのが早かった。相手はその場に押し潰されるように倒れ込んだ。

残るはひとり。

新蔵が五人の頭分と思える相手に向き合った。

「薬丸新蔵、よかぶっな」

相手は吐き捨てると刀を構えた。

珍しくも左蜻蛉だ。

新蔵は相変わらず右蜻蛉で睨み合った。

「空也はこの新蔵と互角に稽古をしてきたのか」

武左衛門が思わず洩らした。

平助が黙って頷いた。

薬丸新蔵と東郷示現流の五人目の対決を見ながら小田平助は、この五人が薩摩藩江戸藩邸勤番だったがゆえに、薬丸新蔵の力量をよく知らなかったのではなかろうかと考えていた。

剣術は稽古量で勝敗が決することがある。

何年も江戸藩邸で勤番を務めると、国許《くにもと》鹿児島での激しい稽古を忘れ、つい江戸見物に時を過ごすことになる。

その差がこれまでの勝負に出ていた。

最後の五人目は三十歳前後と平助は見た。

しばし睨み合った両者が同時に踏み込んだ。

右蜻蛉と左蜻蛉が交錯するように落ちていったが、こたびも新蔵の打突が素早かった。

「ううっ」

と呻《うめ》いた相手が野天道場に沈み込んで、五対一の勝負は決着を見た。

しばし小梅村を沈黙が支配した。

「輝信どん、まず若か門弟衆ふたりを船で神保小路にやらんね。磐音先生にこんことを知らせるのが先たい」

平助の助言に輝信は我に返ったようで、この戦いを雑木林の中から見ていた若

い門弟のうち、櫓《ろ》を漕《こ》ぐのがうまい村上元之丞《むらかみげんのじょう》と冷静な篠田吉之助《しのだきちのすけ》を指名して、

「磐音先生に見たとおりのことを伝えよ。またお医師の手配を願うのだ」

「はっ」

と興奮から覚めた住み込み門弟のふたりが船着場に駆け出していった。

「残った者は道場の戸板を外してこちらに持ってこよ。五人を道場に運ぶ」

と命じた。

五人を相手に勝負を制した薬丸新蔵に向田源兵衛が歩み寄り、

「見事な戦いでござった」

と話しかけると、新蔵はただ頷いた。

「新蔵どん、そなたがなにを考えておるかは知らぬ。だが、なにか行動を起こすのであれば、磐音先生が小梅村に来られるのを待たれよ。まずは先生と話をしたあと、そなたの意思のままになされよ」

と若い剣術家に忠言した。

「承知しておいもす」

と答えた新蔵は、戸板で怪我人《けがにん》がひとりふたりと道場に運ばれるのを見ていたが、

「おいは長屋においもす」

とだれにともなく言い、雑木林に消えていった。

坂崎磐音一行が蘭方医《らんぽうい》の桂川甫周国瑞《かつらがわほしゅうくにあきら》とその若い医師らを従えて小梅村にやってきたのは、七つ（午後四時）過ぎのことだった。

道場では向田源兵衛、小田平助らが五人の怪我人の応急処置をしていた。ふたりが驚いたのは、新蔵の一撃がすべて相手の左肩を打ち砕いていることだった。

国瑞らの改めての治療が始まった。

磐音はその様子を見ながら、

「輝信どの、薬丸新蔵どのはどうしておられる」

と質した。

「長屋の部屋に控えております」

「呼んでくだされ」

磐音が命じると、輝信自ら長屋の戸口に立ち、腰高障子を開けて部屋を覗《のぞ》き込んだ。しばらくして戻ってきた輝信が、

「磐音先生、新蔵どのは退去したかと思えます」

と告げた。

しばし黙って輝信の言葉を思案していた磐音が、

「小梅村を去られたか」

と寂しげに呟いた。

二

空也と鵜飼寅吉は、翌日の夜明け前、仁田川が西水道の内海へと流れる郷外れにいた。そして、仁田川を飛び石伝いに渡り、飼所川《かいどころがわ》の右岸沿いの山道を東へ向かった。

昨晩は川魚の串焼きを三本ずつ食して夕餉代わりとした。杣小屋の先客は呼び名をトラでよいと言ったが、

「トラ吉さん」

と呼ぶことにした。

相手の形《なり》は、針や糸など小間物の行商と見えないこともないが、挙動や言葉は、どう見ても武士だった。つまりは密偵のようなものか、と空也は内心考えていた。

「高すっぽと呼ばれるだけあって身《み》の丈《たけ》があるな。武者修行中の高すっぽに会うて、安心道中になった」

トラ吉がにこやかな顔で言った。

「トラ吉さんは、公儀の密偵ですか」

空也は直截《ちょくせつ》に質してみた。

「ほう、なぜさようなことを思うな」

「里人の少ない対馬の上島に針や糸の行商で来るとは思えません」

「高すっぽとて、武者修行を騙《かた》る密偵ではないのか」

トラ吉は、対馬藩の府士に追われているという空也に、どことなく心を許したところがあった。

「それがし、十六で武者修行を始めました。密偵稼業は年季が要《い》る務めにございましょう。十六の密偵などおりますか」

「おるまいな」

と答えたトラ吉が、

「対馬藩に高すっぽが指導を受けたい剣術家がいたか」

と首を捻《ひね》った。

飼所川沿いの山道を歩き出すと、行く手の山が白んできた。山道は右に左に蛇行して緩やかな登りがだらだらと続いた。

「この道を行くと峠に出る。峠を下ると小鹿《おしか》の浜に出る。さすれば東水道の海だ」

そのようにトラ吉が説明してくれた。

「トラ吉さん、それがし、武者修行とは別に対馬を訪ねる理由がありました」

「であろうな。なにも武者修行のためだけに好き好んで対馬にやってくる者など、そうはおるまい。なんだな、その理由とは」

「それがしが話せば、トラ吉さんも対馬に小間物の商いに来た曰くを話してくださいますか」

しばし間をおいてトラ吉が頷いた。

空也はトラ吉に、高麗を見たかったその経緯《いきさつ》を語り聞かせた。

「なに、そなたは薩摩で会うた娘の先祖の故郷を確かめたくて、対馬の北端の浜に上陸したと言うか」

「はい」

「待て、そなた、江戸者であろう。江戸者がようも薩摩の国境を越えられたな」

トラ吉は話を戻した。

空也は、幾たびも話した薩摩入国の経緯をかいつまんで告げた。

「そなた、川内川《せんだいがわ》で、その娘と爺様に半死半生のところを助けられたのか」

「はい」

「それにしてもようも薩摩が許したものよ」

トラ吉が訝しげな口調で質した。

「窮鳥懐《きゆうちようふところ》に入《い》れば猟師も殺さず、という諺《ことわざ》がございます」

空也は眉月の身分について触れるつもりはなかったので、こう答えた。

「その結果、対馬に流れ来た理由の一つが生じたのです」

「どういうことか」

「それがし、薩摩の東郷示現流の門弟衆に追われております」

トラ吉が空也の横顔を見た。

「その若さで東郷示現流を怒らせたか」

と呟いたトラ吉が、

「高すっぽ、そなた、東郷示現流の追っ手と戦うたな」

と質した。

空也は小さく頷いた。

「幾たび、東郷示現流の門弟と戦うたか」

「四度、です」

「高すっぽ、四度すべてに勝ちを得たか」

「傷を負うたこともあります」

「じゃが、そなたは生きておる。わしが考えた以上の腕前であったか」

「トラ吉さん、それがしの身の上は話しました。こんどはトラ吉さんの番です」

「わしの話は、高すっぽに比べれば大したものではない。さるお方の命《めい》で対馬に潜り込んだ。それだけだ」

「やはり密偵ですか」

「そう思うても構わん。こたび、ようようわしにも運が向いてきたやもしれぬ」

とトラ吉が言った。

「どういうことですか」

「そうではないか。高すっぽと知り合うたお蔭で、今夜から枕を高うして眠れそうだ」

と言ってトラ吉が笑った。

「トラ吉さん、対馬に潜り込んだ目的を聞いておりません」

「わしは密偵だぞ。さような話ができるものか」

「それがしにだけ話させておいて、ずるうございますな。それがし、独り旅でも構わぬのですよ」

うーん、と唸《うな》ったトラ吉が長考していたが、

「対馬藩の財政は著しく破綻しておる」

と突然言い出した。

「朝鮮との交易でもだめですか」

「朝鮮人参と木綿だけではのう。幕府が許した長崎は別として、薩摩のように琉球を通して入ってくる物品は、唐人の国のものから、南蛮紅毛人《なんばんこうもうじん》の国のものまで品が多彩じゃ。だが、対馬口は限られた品ゆえ、対馬の藩の財政を立て直すほどではないでな」

とトラ吉が言った。

「島の内部は山ばかり、海岸線に郷が点在しているだけだ。米の穫れる田んぼが少ないのは、そなたも見たであろう。だが、幕府の格式では十万石以上格、詰めの間は大広間だ」

トラ吉は、家格と実態が合わないと言外に告げていた。

空也は、佐須奈で見た朝鮮の帆船と、対馬藩与頭の唐船志十右衛門のことを思い出していた。

「対馬藩には他藩にない朝鮮通信使の招聘という役割がございますな」

「武者修行をする者でも、さようなことは承知か」

トラ吉が質した。

「それがしにも目と耳はございます」

うんうん、と頷いたトラ吉が、

「高すっぽ、対馬藩江戸家老の大森繁右衛門《おおもりしげえもん》なる人物を承知か」

「いえ、存じません。それがし、二日前にこの上島の北端の海岸に上陸したばかりです」

「そこで与頭の唐船志一行に出会うたのであったな」

「はい」

「大森繁右衛門様は、朝鮮通信使来聘御用掛でもある。宗一族ではないが、重臣たる加判役に抜擢《ばってき》されたのが寛政四年（一七九二）のことゆえ、いまから六年前か。そして、寛政九年（一七九七）の昨年に江戸家老に任じられた。この大森様が朝鮮通信使を江戸に呼び寄せるという名目で幕府より毎年多額の給付を受けてきたのだ。だが、宝暦《ほうれき》十四年（一七六四）に家治《いえはる》様の将軍就任を賀す朝鮮の使者が上府して以来、三十年以上、朝鮮通信使の招聘は実現しておらぬ。先頃家老に列した大森様が企てておることは、『易地聘礼《えきちへいれい》』と称する朝鮮通信使一行の対馬までの到来じゃ。これにより朝鮮側は江戸まで遠征する要もなく、江戸側は朝鮮の使者を徳川幕府の領地に到来させたという上下の関わりが生じる。大森様はかような企てで双方を説得しようとしておるのだ」

「佐須奈に朝鮮の帆船が停泊しており、唐船志様一行が府中から出迎えたのも、『易地聘礼』の仕度の一環ということでしょうか」

「ということだ。唐船志様は、江戸家老大森様の腹心じゃ」

とトラ吉が言い切った。

佐須奈関所で一生を過ごす給人の玄八郎らが唐船志らを煙たがるはずだと、空也は改めて思った。

「対馬はこの十数年、朝鮮通信使を呼ぶという企てのもと、幕府から莫大な金子《きんす》を受給しておる。だが、実現した例《ためし》はない」

トラ吉は最前話したことを蒸し返した。

「鵜飼寅吉どのは、その金子がどのように使われているかを調べに参られたのですね」

「ということだ」

トラ吉があっさりと認めた。

当然のことながら、前夜会ったばかりの空也にすべてを話すわけもない。それゆえ、あっさりとした返答になったのだろう。

「トラ吉さんの探索は終わったのですか」

「道半ばと言いたいところだが、未だまったく調べがついておらぬ」

とトラ吉は言い、

「そなたが唐船志の誘いに乗り、朝鮮の船に乗り込んでおれば、もう少し事情が分かったのだがな」

と悔やしげに空也を見た。

「それがし、トラ吉さんの家来ではございません」

「まあな、これから仲良うやろう」

密偵にしては実に楽天的だった。

「朝鮮の船に乗っていれば、それがし、トラ吉さんとかように山道を歩いてはおりません」

「それもそうだ。なにもかも同時にはうまくいかぬな」

と言ってトラ吉はからからと笑った。

「トラ吉さんは対馬藩内偵のために江戸から直々にこの地に参られたのですか」

トラ吉にはぐらかされたような気がした空也は、改めて訊いた。

「高すっぽ、江戸からいきなり朝鮮と境を接する島に来て、探索ができると思うてか」

「ならば、どうなされたので」

「長崎奉行所の目付《めつけ》見習として対馬藩のあれこれを教え込まれた上で、半月前にこちら上島に送り込まれたのよ」

「それでは、それがしとあまり事情は変わりませぬ」

「高すっぽ、そなたが手助けしてくれれば随分と助かるがのう」

と顎《あご》を撫《な》でながら、風呂敷で包んだ行商の箱を背負い直した。なんとなく中身は重そうに思えた。

「トラ吉さん、勝手な願いですね」

「そうつれなくするな。高すっぽが昨夜、杣小屋に姿を見せたとき、直感したのだ。この相手ならば手を携えていけようとな」

「都合がよすぎます」

「まあ、まずは対馬城下の府中まで仲よう参ろうではないか。武者修行者の高すっぽと小間物商いのトラ吉のふたりでな」

そうトラ吉が言ったとき、山道の下から馬蹄の響きが聞こえた。

「そろそろ来ると思うておった。高すっぽ、道を外れるぞ」

と言ってトラ吉は右手の谷川沿いの藪《やぶ》の中に姿を消し、空也もその後に続いた。

空也はトラ吉の身のこなしと決断ぶりに、公儀隠密の秘められた力量を見た。

ふたりが藪を分け、飼所川の上流部の谷に下りたとき、山道を行く四頭の騎馬を見た。だが、谷底からでは乗っている人間までは見分けがつかなかった。

トラ吉は、なにかを思い出すように思案していたが、

「よし、こちらだ」

と上流のほうへと登り始めた。

空也にとって山歩きと渓流歩きは修行の一環だ。

難なくトラ吉に従っていた。また薩摩と肥後あたりの山並みに比べ、上島の山は高くもなく険しくもなかった。

岩伝いに向こう岸へと渡ったトラ吉が岩場を這《は》い登り始めた。時折り、空也を振り向いたが、途中からは自分が這い登ることに専念していた。トラ吉にとってそれなりに険しい岩場登りだったのだろう。

飼所川の流れを挟んだ対岸に、ふたりが歩いてきた山道が見えた。

「ふうっ」

と息を吐いたトラ吉が、

「武者修行で鍛えた足腰は、この程度の山では驚かぬか」

と呟き、空也は笑みを返した。

「どこへ行かれるおつもりです」

「この斜面を登りきれば茶屋隈峠《ちゃやくまとうげ》なる七百七十尺余（約二百三十七メートル）の峠に出るはずだ。獣道《けものみち》みたいな山道の峠ゆえ猟師か杣人しか通るまい」

「ならば茶屋隈峠まで登りましょうか。これからはそれがしが先に参ります」

空也が言うと、トラ吉がどこか安堵の表情を見せた。

四半刻後、ふたりは茶屋隈峠と思しき峠に立っていた。

東には対馬の瀬戸の東水道が広がり、さらにその奥に外海が広がっていた。

「トラ吉さん、ほぼ南に見える島はどこですか」

空也が指した方角に島影が浮かんでいた。

肥後丸に乗船中に学んだ目測によれば、茶屋隈峠からおよそ二十数里ほどあるかと思われた。

「あれか、壱岐島《いきのしま》じゃな」

トラ吉が弾んだ呼吸を整えながら答えていた。

「壱岐島ですか」

空也にとっては、初めて聞く島名だった。

「いや、高すっぽ、なかなかの健脚じゃな。驚いたぞ」

「これで肥後、日向と薩摩の険しい国境の山を越えて薩摩入りしたことを信じていただけましたか」

と言って空也が笑った。

「話を聞いたときから信じておった。だが、あの斜面を這い上って息一つ乱しておらぬとは、化け物か」

トラ吉は峠の路傍の笹の間にある岩に腰を下ろして吐き捨てた。

「対馬が武者修行に適しておらぬということはございません。お分かりになりましたか」

「武者修行とは剣術家と対戦することかと思うておったわ」

「公儀隠密どのとも思えぬお言葉です」

と言った空也がふと思い出して、

「長崎にはどれほどおられました」

「一年と数月であった」

「その間に長崎で辻斬《つじぎ》りが流行《はや》ったことを聞かれませんでしたか」

「おお、あのことを高すっぽは承知か。たしかどこかの橋の上で久留米《くるめ》藩有馬《ありま》家の家臣が斬られたのが発端ではなかったか。ちょうどわしが長崎に来た折りのことだ。何人もの犠牲者が出たのであったな」

空也が頷いた。

少なくともトラ吉が長崎にいたことはこの話からも確かめられた。

「高すっぽ、なぜかようなことを承知しておる」

「風の噂です」

「風の噂が対馬に、いや、そなた、対馬の前にはどこにおったな」

「福江藩です。あちらの城下の桜井冨五郎先生の道場に滞在して稽古している折りに聞きました」

この話は長崎会所の密偵しまこと高木麻衣《たかぎまい》から聞かされた事実だった。だが、空也は曖昧《あいまい》にして告げた。

「トラ吉さんは長崎会所を承知ですか」

「おお、そなたも承知か」

「いえ、それがしは未だ長崎を知りません」

「ならば、なぜ関心を持つ」

「福江藩にいる折り、長崎会所の密偵と思しき女衆《おんなし》と知り合いました」

「まさか、堺筒《さかいづつ》を持った女子ではあるまいな。それがし、長崎に参った初日、奉行所の役人から、会所の女密偵にはくれぐれも用心せよと注意を受けた。何度か顔を合わせたが見目麗《みめうるわ》しい女子であった」

トラ吉がその顔を思い出すような表情で言った。

「高すっぽ、そなた、あの女を承知か」

「福江領内で擦《す》れ違うただけです。長崎会所の密偵と教えてくれたのは福江藩の藩士の方です」

空也は作り話で応じた。

「長崎会所は、なかなかの力を持っていてな、町年寄《まちどしより》ともなれば十万石格の力があるというが、資金力でいえば薩摩や加賀《かが》に匹敵しような」

とトラ吉が言った。

「そうですか、長崎はさようなところですか」

「江戸ほどの賑わいはないが、長崎は和国の中の異国じゃな」

と応じたトラ吉の息はすでに鎮まっていた。

「お互い身許がはっきりしたところで参りましょうか」

「高すっぽ、わしはそなたが武者修行の若者としか知らぬぞ」

トラ吉は、最初に空也が名乗ったことを忘れていた。いや、出会いのときは、緊張していたのかもしれない。改めて名乗ることもない。

「それがしはそれですべてです」

と空也が応じて獣道を小鹿へと下り始めた。

三

その昼下がり、東水道に面した小鹿の浜を、ふたりは山の斜面から望遠していた。浜に馬が繋がれてあったので、両者に緊張が走った。

だが、対馬藩府士小此木雄三郎らの姿は見えなかった。

「高すっぽ、そなたを追う連中じゃな」

「それがしはただ唐船志様の誘いを断っただけ。追っ手がかかるような真似《まね》をしたわけではありません。追われているとしたらトラ吉さん、そなたでしょう」

「わしにも覚えがないがのう」

トラ吉が首を捻った。

「公儀の密偵というだけで十分対馬藩の面々に追われる理由になりましょう。まして対馬藩が朝鮮通信使招聘を利用して公儀から受給した大金の使い道をトラ吉さんが摑んでいるとしたら、対馬藩は目の色を変えて探しましょう」

「わしは未だなんの証《あかし》も摑んでおらぬと言うたであろう」

トラ吉が平然とした言葉を吐いた。

「どうします」

空也がトラ吉に尋ねた。

「わしもそなたも府中を目指しておる」

「それがしは武者修行の旅、府中を訪ねて面倒に巻き込まれるのであれば、わざわざそこを目指す要はございません。修行はどの地でもできます」

「高すっぽ、そう冷たいことを言うでない。一夜の宿を貸してやった恩義がわしにはあるだろう」

「あの杣小屋はトラ吉さんの小屋でしたか」

「まあ、互いに対馬藩に追われる身だ。手と手を携えて仲良く参ろうではないか」

「と申して、どうなさるのです」

と空也が言ったとき、浜に小此木雄三郎ら四人の対馬藩士らが姿を見せた。中のひとりは南蛮合羽《がっぱ》のような長衣《ながぎぬ》を羽織っていた。

「いたいた」

とトラ吉が言い、

「さあて、やつら、どちらに向かうか」

と独りごちた。

馬に乗った四人は東水道沿いの街道を南に向かって走り去った。

「馬の連中を徒歩で追いかけるか。府中のある下島までは起伏のある街道が十里以上も続くでな、上島と下島の瀬戸に着くまで丸一日以上はかかる」

「どうします」

「小鹿を避けて次の浜の志多賀《したか》まで行ってみるか。後ろから追われるより呑気《のんき》でよかろう」

トラ吉の提案に空也も格別異存はない。

もはや眉月の故郷の高麗を望むことは果たしたのだ。対馬藩内でごたごたに巻き込まれるならば、どこかで船を見つけて壱岐島に渡ってもよい、と空也はふと考えた。

そんな気持ちをトラ吉が読んだようで、

「高すっぽ、旅は道連れ、世は情けだぞ。わしを見捨てて対馬を離れようなどと思うでないぞ」

と釘《くぎ》を刺した。

「それにそなた、船に乗せてもらう金子を持っておるのか」

「武者修行の人間の懐に潤沢な金子などあろうはずはありません。仕事を手伝う代わりに船の隅に乗せてもらうのです」

「そうやって福江島から対馬に渡ってきたか」

「はい」

と空也は答えたが、肥後の八代以来、人吉藩に関わりのある肥後丸に乗せてもらって福江島に、さらには野崎島から対馬の北端の浜まで送ってもらったのだ。

（今頃治助どのたちはどのあたりにおられるだろうか）

治助は空也を対馬上島の浜に下ろすとき、

「摂津に向かう」

と言い残していた。その上で、

「坂崎空也様とはまたどこかでお目にかかれそうな気がします」

と言い添えた。だが、治助が主船頭の肥後丸と空也が再び出会《でくわ》す僥倖《ぎょうこう》など、そうそう考えられなかった。

「いいか、高すっぽ、わしが事を果たせたら対馬を出る船をなんとでもしよう。それまでわしと一緒に行動せよ」

「命令ですか」

「いや、頼んでおるのだ」

「妙な道連れがあったものです」

空也が呟いた。

その夕暮れ前、志多賀の集落を山の斜面から見下ろして、小此木ら四騎の姿がないことを確かめた。それでも集落を迂回《うかい》して街道に出ると、次なる佐賀《さか》の郷を目指した。

ふたりは、日が暮れる直前に佐賀に辿り着こうとしていた。

「高すっぽ、佐賀はな、西水道沿いの街道にも行けるし、このまま進めば下島の瀬戸にも出られる三叉路がある集落だ。この界隈の漁師宿に泊まり、屋根の下で温かい鍋なんぞにありつきたいな。われら、昨夜から川魚の串焼きを口にしただけだからな、腹も減っておる」

「対馬藩の連中が待ち受けているかもしれませんよ」

「まあ、それも考えられるが、わしの勘では、やつら佐賀の三叉路から山越えしていったん西水道沿いの街道に戻ったような気がする」

トラ吉は言った。

「公儀の密偵どのの勘に頼ってよいものでしょうか」

「ならば、武者修行の高すっぽは、もう一晩腹を空《す》かして神社の軒下で震えて過ごせとでも言うか」

「たしかに腹は鳴りっぱなしです」

「よし、覚悟を決めて浜に下りてみようではないか」

ふたりは街道に出ると佐賀の集落に入っていった。

二股に分かれたところに水夫が泊まりそうな旅籠《はたご》が二軒並んでいた。

トラ吉が一軒の旅籠に掛け合いに行くと、男衆《おとこし》と長いこと話していたが、

「おい、高すっぽ、話がついたぞ」

と手招きした。

空也は話がつくまでに佐賀の集落を見回したが、対馬藩の府士たちがいる気配は感じられなかった。

身を屈《かが》めて敷居を跨《また》いだ。

「おまえさんの連れはお侍さんか」

男衆が空也を見上げた。

「このご時世、武者修行をしておる変わり者の侍ですよ」

小間物の担ぎ商いの口調に戻したトラ吉が男衆の言葉に応じた。

「お侍さん、酒を飲むか」

と男衆が空也に訊き、

「いえ、酒は飲みません。めしを食わせてもらえれば有難いです」

「ここじゃ、酒よりめしが高くつく」

と言ったが、ともかく空也とトラ吉を泊めてくれることになった。

小さな風呂に一緒に入り、この二日余り風呂にも入らず山越えをしてきたトラ吉と空也は、ほっとした気持ちになった。

「高すっぽ、あの四人の狙いはわしではなかった。高すっぽ、そなたじゃ」

と突然言った。

「なぜさようなことが分かりました」

「七つ過ぎにな、この旅籠にやつらが来て、そなたのことを問い質していったそうだ。そなた、やはり対馬藩の与頭を怒らせる真似をしたのではないか」

「高麗の船への同行を断っただけです」

「前にも聞いた。それだけか」

とトラ吉が空也を睨んだ。

そのとき、湯に浸《つ》かっていたのは空也だ。

「政に関わりたくなかったゆえ、唐船志様が高麗船に行かれた隙に佐須奈関所を離れたのです」

「それにしてはしつこくないか」

「と申されても、それがしにはそれ以上のことは思い当たりません」

トラ吉は空也を見つめたが、なにも言わなかった。

ふたりは湯船を交代し、こんどはトラ吉が浸かった。

「高すっぽ、われらが見た四騎のうちのひとりは、朝鮮の剣術家じゃそうな。この集落でそなたのことを訊き回った折り、集落の漁師が見て、『あやつは朝鮮人に間違いない』と言うておる」

とトラ吉が不意に言った。

「長衣の男ですか」

「ああ、そうだ。対馬の漁師連は朝鮮人を見慣れておる。ゆえに間違いなかろう」

「なぜ高麗人《こまうど》がそれがしに関心を寄せるのです」

「それは分からぬ。そなたになくとも、対馬藩の連中にはそなたに関心を持たざるをえない曰くがあるのやもしれぬ。覚えはないか」

「ありません」

「まあ、当人に覚えがなくとも相手方に用事があるということはままある」

トラ吉がいい加減な物言いをして、

「相手方に会えば分かることだ」

と言い添えた。

翌日、トラ吉と空也は東水道沿いの街道を南へと下った。

空也には初めての道だが、肥後丸に乗って北上した折りに海から見た景色だ。時に記憶の光景と重なる岬や浜があった。

「そなた、追っ手が増えたというに平然としておるな。かような難儀は剣術修行にはついて回ることか」

とトラ吉が、櫛《くし》の浜から曽《そ》という一字地名の集落の間の複雑な浜沿いを歩いているとき、尋ねた。

しばし沈黙を続けていた空也が、

「決して平気なわけではありません。それよりもトラ吉さん」

「何だ」

空也には大きな疑問があった。

「公儀の密偵が初めて会うたそれがしに探索の内容を話すなどありましょうか。幕府は、いえ、鵜飼寅吉どのは、対馬に対し、なんぞ別の疑念を持っておられるのではございませんか」

しばし沈思していたトラ吉が、

「そなたとわしは手を取り合わんと、対馬から出ることができぬやもしれぬな」

と己を得心させるように言った。

「話してください」

「公儀は、対馬藩に朝鮮との公的交易と、対馬藩に利を生む私的交易の二つを認めておる」

と言い出した。

これも佐須奈関所で聞いた話だった。

「朝鮮人参や木綿を京、大坂に運び、銀で代価を得る公儀黙認の交易、俗に言う対馬口にございましたな」

「そなた、武者修行の若者にしては、なかなか対馬の内情を承知ではないか」

「唐船志どのが洩らされた話です」

「じゃがな、対馬藩の朝鮮交易は初めこそ順調であったが、このところ交易不振でな、もはや十万石格の体面を保つことができずにおる」

「それがしが武者修行で滞在したいずこの藩も同じように財政難を抱えておられました」

「では、そのような西国の藩は、どのようなことで財政を補っておったな」

トラ吉が反問した。

「西国の大名家は総じて江戸から遠いこともあり、異国との抜け荷で利を生んでおるのではございませぬか」

空也はどこの藩とは特定せずにトラ吉の問いに答えた。

「いかにもさようじゃな」

と応じたトラ吉が、

「対馬藩もまた新たな交易を朝鮮側と画策しておると思える。阿片《あへん》でな」

「阿片は公儀から許された品ですか」

「高すっぽ、阿片を享楽のために常用すれば廃人となる。ゆえに公儀では厳しい取り締まりを課しておる。だがな、阿片は、医療に使われることもあり、対馬藩江戸家老の大森は、医療目的の阿片交易を公儀に願うておるそうな。むろん、医療に使われる以上の阿片を朝鮮から持ち込み、京、大坂、さらには江戸で売り捌《さば》く腹づもりじゃ。いや、すでに何回か、阿片の抜け荷を行ったはずだ」

ゆえに鵜飼寅吉が江戸から派遣されてきたのか。

「交易に見せかけて、阿片の抜け荷商いですか」

「対馬藩では公儀の許しを得て、おおっぴらに阿片交易をなし、その利を朝鮮通信使の費えとするなどと願うておるのだ。大森は、朝鮮通信使の継続のためには、阿片の交易もやむなしとの論を江戸で訴えておるとか」

「トラ吉さんは、いえ、鵜飼寅吉どのは、対馬の阿片交易の実態を探りに対馬に入っておられる」

「ということだ」

トラ吉が話を終えた。

空也はこの話を信じてよいのかどうか、判断がつかなかった。

「高すっぽ、佐須奈関所の沖合に朝鮮の帆船が停まっておったな」

「それがしが同行を誘われた帆船ですね」

「いかにもその帆船じゃが、わしは阿片の抜け荷船と見ておる」

空也がトラ吉を凝視した。

「そなたは江戸家老大森の腹心である唐船志の命を拒んだ。そして、佐須奈関所から立ち退《の》いた途端に唐船志の配下と朝鮮人に追われ始めた。唐船志は、関所の給人どもがそなたにうっかり阿片抜け荷のことを喋ったと思うておるのだろう。つまりそなたとわしは、同じ理由で唐船志と朝鮮人に追われておるのよ」

空也は啞然《あぜん》としてトラ吉を見続けていた。

（阿片抜け荷の現場に誘われていたのか）

四

高すっぽとトラ吉は、上島と下島を分かつ大船越《おおふなこし》の瀬戸を眼下に見下ろす崖上に立っていた。

ふたりは追っ手を避けて街道は歩かず、二日の間、山の中の道なき道を歩いてこの地に到着したところだった。

空也は息を呑《の》むほどの美しい景色に見惚《みと》れていた。

西側に大きな口を開けた浅茅《あそう》の内海だ。

この内海は複雑な地形で、現代の言葉でいえばリアス式海岸だ。大地が沈降隆起を繰り返して生まれた光景だった。内海には無数の小島があり、多数の浦があった。そして、樹木が生《お》い茂った陸地が海に覆いかぶさるようにあって、山と海とが一体化して見事な自然の造形を造り出していた。

「対馬藩を上島と下島に分かつ浅茅の内海だ。その昔は大船越と呼ばれる幅の狭い陸地で二つの島は結ばれており、一つの島だったのだ」

「今は二つに分かれているのですか」

「寛文十二年（一六七二）というから百二十五、六年前、対馬三代藩主宗義真《よしざね》様の治世下に堀切が完成したのだ。このために対馬藩の領地は、大きく二つに分かれたが、堀切が完成して船が西水道と東水道を自在に往来できるようになったのだ」

　トラ吉が空也に説明してくれた。

「上島から下島に行くには大船越の瀬戸を船で渡るのですか」

「まあ、そうなるかな」

　とトラ吉が言い、大船越へと歩き出した。

　トラ吉は山道こそ空也に任せたが、西水道に沿った街道と空也らが歩いてきた東水道寄りの街道が二つに合流したあたりから、先に立っていた。

　日が傾く前になんとか大船越の集落を望むところまでふたりは辿り着いた。

「今晩も屋根の下で眠れそうじゃな」

　トラ吉が安堵の声を上げたとき、浅茅の内海から二隻の帆船が姿を見せた。

「トラ吉さん、そうはいかぬようです」

　空也の言葉にトラ吉が瀬戸の一角を見て、

「やはりやつらもこの大船越で待ち受けるつもりか」

と呟いた。

「トラ吉さん、どういたしましょう」

「相手次第だな」

「相手は、われらを付け狙うことを諦《あきら》めないと思われますか」

「まず諦めることなどあるまいな」

「大船越のほかに下島に渡る方策はありますか」

「ないことはないな」

「大船越の瀬戸は対馬藩と朝鮮の帆船に押さえられております。どこぞの浜に行き、漁《いさ》り舟《ぶね》を借り受けますか」

「高すっぽが言うように、黙って借り受けよう」

「無断で漁り舟を借り受けると漁師どのが困りましょう」

「背に腹は代えられまい。暗くなってから浜に下りよう」

とトラ吉が言ったとき、空也らは馬蹄の音を耳にした。

小此木雄三郎、五所平次郎、村上信助の三人に長衣を着た朝鮮人の武芸者と思しき四人だった。

「やはりこの大船越に姿を見せたか、公儀の隠密めが」

小此木雄三郎がトラ吉に言った。

空也は、小此木らの目当ては鵜飼寅吉だったかと思った。

「わしは武者修行者の付き人じゃがな」

トラ吉が平然とした態度で小此木に言い放った。

「坂崎空也、そなたもやはり公儀の隠密であったか」

と雄三郎が空也に声をかけた。

「それがし、武者修行者と申したのは偽りではございません」

「唐船志様を騙《だま》し果《おお》せても、われらは騙せぬ」

「小此木どの、それがし、どなたも騙した覚えはございませぬ」

「武者修行者が公儀隠密を付き人にいたすか」

「このお方とは、二日前、偶然にも一夜の宿を借り受けようと訪ねた杣小屋で会うたのが初めてです」

「ならば、なぜ一緒に旅をしておる」

「そう尋ねられても答えようがございませんが、旅は道連れと申すのではございませんか」

「若造め、あれこれ言い抜けおって」

小此木が佐須奈関所とは態度を一変させて言い放った。

「小此木どの、ともかくそなた方の狙いはわが同行者のようです。そちらの用事を済ませられてはいかがですか」

空也は話柄を転じた。

小此木雄三郎は空也になにか言いかけたが、トラ吉に視線を向け、

「対馬藩に公儀を恐れる秘密などない。隠密は正体が知れたときが命を失うとき。朝鮮の船から盗み出したものをこちらに返してもらおうか」

と言った。

空也はトラ吉を見た。もし小此木の言うことが正しければ、すでに証の品を手に入れているのではないか。

「高すっぽにも言うたが、わしは公儀隠密ではないし、針や糸の小間物を売る担《にな》い商いじゃがのう」

トラ吉はのらりくらりと公儀隠密を否定した。

「ならば、背中の風呂敷包みをこの場で開けてわれらに見せよ」

「大事な商いの品じゃ。客ならば別じゃが、脅《おど》されて品物を見せるつもりはない

な」

　とトラ吉が言うと、小此木雄三郎が長身の朝鮮人武芸者に、

「キムどの、こやつらの始末を任せよう」

　と言った。

「承知した」

　キムと話しかけられた朝鮮人武芸者が長衣の下から直剣の柄《つか》を出してみせた。

「おや、高麗のお方も和語を話されるのですか」

　空也の関心は朝鮮人が和国の言葉を話したことだった。

「高すっぽ、そなたは知らぬのか」

　トラ吉が背中の風呂敷包みを下ろしながら空也に訊いた。

「朝鮮の釜山浦には二百年近くも前から対馬藩の倭館があってな、対馬藩の藩士が常駐しておるのだ。ゆえに朝鮮人もまた和語が堪能なのだ」

　と言いながら、トラ吉は風呂敷包みを開いて柳行李《やなぎごうり》を見せた。

「ほれ、この中は小間物ばかりじゃ」

　トラ吉は小此木雄三郎に言った。

「もはや遅い。両者とも死んでもらおう」

「そなたら、なんぞ勘違いをしておらぬか。人を殺《あや》めても、よい気分はせぬぞ」

「黙れ。もはや問答無用」

「困ったな、わしは命が惜しいのじゃがな」

トラ吉は言いながらも風呂敷包みの両端を持ち、腰を屈めたまま、後ろに下がった。

小此木はこの場をキムに任せたか、一歩退《ひ》いた。五所平次郎と村上信助は四頭の手綱を二本ずつ手にしていた。

「トラ吉さん、相手方はそなたに用事のようです。そなたが相手をなさってください」

空也がトラ吉に言った。

「高すっぽ、そなたは武者修行者であろう。朝鮮人の武芸者はなかなかの腕前と聞いたぞ。よい機会ではないか、相手してみよ」

トラ吉はしゃがんだまま空也を唆《そその》かした。

「そなたに騙されたような気がしてきました」

「高すっぽ、そなた、薩摩に追われる身ではないか。対馬の地で異人と真剣勝負をするのもなにかの縁だ」

と突き放した言い方でトラ吉が応じた。本人はまったく相手に立ち向かう気はないらしい。

「致し方ございません」

空也は肚《はら》を決めた。

「キムどの、しばらくお待ちを」

と願うと道中嚢を下ろして道中羽織を脱ぎ、さらに修理亮盛光をトラ吉に預け、腰には脇差、手には愛用の木刀を携えて、

「お待たせ申しました、キムどの」

と朝鮮人武芸者に向き合った。

うむ
という顔で空也が手にした木刀を見て、朝鮮語でなにか叫んだ。

なぜ真剣で戦わぬ、蔑《さげす》んでのことかといった意味の罵《のの》り声であろう。

「キムどの、それがし、刀より木刀のほうが使い慣れているのです。ゆえにそなたを蔑んでのことではありません」

と空也は言った。

キムはもはやなにも答えない。黙って両刃の直剣を抜くと、片手に構えた。刀

より重そうな直剣を片手で振るうことのできる腕力の持ち主なのだろう。

空也はするすると数間下がった。そして、野太刀流の右蜻蛉に構えた。

キムの眼差《まなざ》しが変わった。ぴたりと決まった構えに初めて接した驚きがあった。

「きえーっ」

と空也が気合いを発したのをきっかけに、キムが直剣を振り翳《かざ》して空也に迫ってきた。

空也はそれを見て、右蜻蛉の構えで迎え撃つための助走に入った。

両者の間合いが一気に縮まった。

トラ吉は、初めて目にする空也の豪快な右蜻蛉からの助走に見入っていた。

キムは、相手の木刀の位置が変わらぬことを認めながら、踏み込んでくる空也の脳天に片手の直剣を落とした。

右蜻蛉の木刀が、空也の腰の沈みとともにキムの肩口に振り下ろされた。

「朝に三千、夕べに八千」

の打ち込みの修練は、キムの想像を超えていた。

直剣が空也の脳天を叩き割る直前に木刀がキムの肩口に落ちて、その場に押し潰していた。

キムが悲鳴を上げる間もなく悶絶《もんぜつ》した。

空也は打突のまましばしその姿勢を保っていたが、静かに立ち上がった。そして、小此木雄三郎を見た。

「肩の骨が折れていましょう。ですが、手加減したゆえ、キムどのの命に別状はありません。早々に医者に診《み》せるべきかと」

そう言って空也は、五所平次郎のもとへ歩み寄ると、

「二頭の馬をお借りいたす。残り二頭のうちの一頭にキムどのを乗せて、急ぎ船へと戻られよ。早く診せねば肩が使えぬようになります」

と言い添えた。

空也は手綱を二本手に持ち、トラ吉のもとへと戻った。

「トラ吉さん、日が暮れぬうちにどこぞに寝場所を探したいですね」

がくがくと頷いたトラ吉は、急いで道中嚢と道中羽織、修理亮盛光を空也に渡し、自らは風呂敷に柳行李を包んで背に負い、一頭の馬に跨《また》がった。

空也も馬の鞍《くら》に尻を落ち着けると、先行するトラ吉に従った。

戦いの場から離れたふたりは馬を並べた。

「驚いた」

というのがトラ吉の第一声だった。

空也はなにも答えない。

「そなたが薩摩にて薩摩剣法を修行したというのは話半分にしか聞いておらなかったが、まことのことであった」

未だ驚きを隠せずにいた。

「坂崎空也という名を聞いたとき、気付くべきであった。そなたの父御は、身罷られた徳川家基様の剣術指南にして、田沼意次《たぬまおきつぐ》・意知父子《おきともおやこ》と死闘を繰り広げてこられた坂崎磐音様ではないのか」

空也が答えるまでに間があった。

「父上は父上、それがしはそれがしにござる」

「なんと、どえらい御仁と同行することになったものよ」

「迷惑ならば別の道を選びましょうか」

「今更別れたところで、あの者たちがわれらを忘れてくれるとも思えぬでな。ひとりよりふたりのほうがなにかと都合がよかろう」

トラ吉が言った。

そのトラ吉が空也を連れていったのは、大船越の瀬戸の、東水道を見下ろす崖上だった。

空也とトラ吉は馬を下りて手綱を木に結んだ。

四半刻後、大船越の瀬戸近くに停泊していた二隻の帆船が動き出し、ふたりが見下ろす東水道に出ると、南へと急ぎ下っていった。

おそらく対馬藩城下、府中の医師のもとに朝鮮人剣術家キム某《なにがし》を連れていこうとしているのであろう。

船影が夕闇《ゆうやみ》に消えるまで見送ると、トラ吉が風呂敷包みから折り畳みの提灯《ちょうちん》を出し、火打石で火を灯《とも》した。

半刻後、ふたりは大船越の浜で水夫宿を見つけ、馬の世話と宿泊を願った。

「藩の家来衆と朝鮮人が急に発ったと思ったら、こんどはふたり組の泊まり客たいね。妙な一日たい」

と言いつつ男衆が空也らを迎え入れてくれた。


小梅村を坂崎磐音が訪れたのは、この日の昼下がりのことだった。迎えたのは田丸輝信、向田源兵衛、それに小田平助らであった。

「薬丸新蔵どのはやはり戻ってきませぬか」

「戻っておりません。神保小路を訪ねなかったようですね」

輝信が答えた。

「尚武館に迷惑がかかると思うてか、訪ねてはくれませんでした」

磐音が残念そうな顔で言った。

「もう少し警戒すべきでしたかな」

向田源兵衛が言った。

「源兵衛どの、いずれはこうなる運命《さだめ》でした。東郷示現流は、なんとしても新蔵どのを屈服させたいのでしょう」

「磐音先生、新蔵どんの野太刀流、凄まじか。魂消たばい」

小田平助が言った。

「こたびの東郷示現流の所業、小梅村とは申せ、わが尚武館道場の敷地の中での闘争、それも相手方が乗り込んでの勝負です。尚武館としても許せぬことゆえ、江戸薩摩藩邸に速水左近《はやみさこん》様を通じて厳しい注文をつけてあります」

「磐音先生、薬丸新蔵どのと東郷示現流の和解はなりませぬか」

田丸輝信が磐音に訊いた。

磐音は首を横に振った。

「江戸藩邸も隠居なされた島津重豪様も、この一件に苦労されておられましょう。また、こたびの一件で東郷示現流も動きがつかなくなったことはたしか。なにしろ公方《くぼう》様のおられる江戸での所業です」

磐音の言葉に三人はなにも言わなかった。

だが、だれもがこのとき、新蔵と同様に西国で東郷示現流の酒匂《さこう》一派に狙われている坂崎空也のことを考えていた。

「空也様はどこにおられるのか」

と輝信が呟いた。

「さあて、肥後八代を発ってどこへ向かったか。一切分かり申さぬ」

「新蔵どのと対等の打ち合いをなす空也様です。新蔵どのが孤独の戦いを強いられつつも切り抜けておられるのと同様に、空也様も必ず生き抜いておられます」

「輝信どの、武者修行に出た日から、生死はお互い覚悟の上です」

と磐音は答えるしかなかった。

空也とトラ吉は、水夫宿の湯に浸かりながら、この日の出来事を思い返していた。

「トラ吉さん、そなた、未だ探索を続けるつもりですか」

「できることなら、確たる証が欲しい。公儀の密偵はそれなくば、江戸どころか長崎に戻ることは許されないからな」

トラ吉の険しい声が答えた。そして、空也になにか言いかけて口を噤《つぐ》んだ。

空也はトラ吉が言いたかった言葉をなんとなく推察できた。

「トラ吉さん、そろそろ本名を明かしませぬか」

「坂崎空也さん、われら密偵は、その折りその折りに名乗る名が本名にござる。トラこと鵜飼寅吉、それがわしの名じゃ」

湯殿の中にトラ吉の切なげな言葉が響いた。

第三章　薩摩からの便り

一

坂崎磐音一家が神保小路に戻ってきて、幾たび目の具足開きであろうか。

寛政十年の具足開きの日を迎えた。

この日の道場は、おこん ら女たちの活躍の場でもあった。

川向こうから品川幾代《しながわいくよ》を筆頭に数多《あまた》の女衆《おんなし》が集まってきて、宴の仕度をしながら、道場での具足開きの稽古が終わるのを待っていた。

そして、道場主坂崎磐音が直心影流極意、法定四本之形《ほうじょうしほんのかた》を独りで演じ終えると、広々とした尚武館道場が宴の場へと早変わりした。

尚武館道場の若手連は、入門と同時に稽古とは別に雑事を教え込まれる。

父親が幕府の重臣や大大名や直参旗本《じきさんはたもと》の重役であろうと、長屋住まいの子弟であろうと、尚武館道場に入門すれば、家格や父親の肩書きなどは捨てねばならなかった。己の出自や家柄に拘《こだわ》る門下生は辞めていった。

先代の佐々木玲圓《さ さ き れいえん》以来、

「来る者は拒まず、去る者は追わず」

が尚武館の慣わしだった。

この尚武館道場が公儀の官営道場の如き色彩が強くなり、江戸にある大名諸家や直参旗本の子弟がこぞって入門し、江戸有数の、いや、関東一の剣術道場の趣《おもむき》を呈していた。ということは和国一の剣道場でもあった。

この日、御三家を筆頭に加賀《かが》藩など大藩の江戸家老、幕府要人も見所にひしめきあって座していたが、尚武館の若手連と女衆が手際よく道場を宴の場に整えると、四斗樽《しとだる》がいくつも空けられて、和気藹々《あいあい》とした雰囲気に変わった。

磐音のもとには次々に、幕閣や各藩の重臣が新年の挨拶に来た。

その磐音の用人役を「尚武館の関羽《かんう》と張飛《ちょうひ》」と称せられる松平辰平《まつだいらたつぺい》と重富利次郎《しげとみとしじろう》、さらに神原辰之助《かんばらたつのすけ》が務め、補助方として中川英次郎《なかがわえいじろう》が今年から加わっていた。

磐音と話す各界の人々が、武者修行中の嫡男《ちやくなん》空也の話をしたがった。

だが、磐音は、

「武者修行に出た以上、親とてなんの手伝いもできませぬ。ただ今、どこにいるのか、あるいは生きているのか死んでいるのかさえ分かりません。父親としては、修行を全うしてくれることを祈るのみです」

と応えていた。

重臣方との挨拶が一段落したとき、磐音とほぼ同年配の武家方が磐音の前に立った。

「それがし、薩摩藩先代藩主島津重豪様の名代渋谷重恒《しげつね》と申す者にござる」

と名乗った。

「もしや麓館の主渋谷重兼様はそなた様のお父上にござるか」

と磐音が問い返すと相手が頷いた。

「渋谷様、お父上重兼様とそなたの娘御眉月様のお助けと献身的な介護により、倅《せがれ》は武者修行を続けられております。坂崎磐音、感謝の言葉がありません。渋谷重恒様、道場での宴が終わったあと、母屋に足をお運び願えませぬか。わが女房もそなた様にお礼を申し上げたいと思いますでな」

と磐音は願った。

渋谷重恒はしばし迷ったあと、首肯した。

宴が果てたのは、八つ(午後二時)の刻限だった。

場を母屋に移したのは速水左近、御典医桂川甫周国瑞、両替商今津屋《いまづや》の大番頭由蔵《よしぞう》、品川柳次郎《りゅうじろう》ら親しい者たちばかりであった。その中に新しい顔ぶれとして勘定奉行中川飛騨守忠英《ひだのかみただてる》がいた。前の長崎奉行忠英は英次郎の父だ。

尚武館から母屋に向かう途中、磐音は渋谷重恒と肩を並べた。

「坂崎どの、用人膳所五郎左衛門《ぜぜごろうざえもん》からの伝言がございます。薬丸新蔵の一件ではご迷惑をかけ申した。わが殿の、また藩の総意ではござらぬ、との言付《ことづ》けでございました」

磐音は渋谷重恒を見た。

重恒が頷き返し、

「薬丸新蔵が尚武館道場にお世話になっていたそうですな」

と念押しした。

「川向こうの小梅村道場がいたく気に入った様子で、ひたすら稽古を積んでいたようです」

「わが江戸藩邸でもそのことは前々から承知でござった」

磐音は頷いた。

薩摩は江戸にそれなりの人脈を持っていた。

野太刀流の薬丸新蔵が江戸の名だたる剣道場を訪れては一撃のもとに撃破し、薩摩剣法の武名を高めた事実は、薩摩藩江戸藩邸にとって、いささか痛しかゆしの感があった。確かに薩摩剣法の評判は高まったが、あまりにも激しい一撃が東国の剣術界を震撼させた。中には、

「薩摩強し、じゃが、あの一撃は剣術ではない」

と嫌悪を抱く者たちがいて、薩摩剣法に対し敵意を抱き始めていた。

その薬丸新蔵が最後に訪れた道場が直心影流尚武館道場であったのだ。

だが、新蔵は道場主坂崎磐音の、

「居眠り剣法」

の前にまったく歯が立たなかった。

そればかりか小梅村道場に滞在して、大人しく稽古をしているという事実に、
先代藩主島津重豪は、

「暴れ者の新蔵も尚武館坂崎磐音の前では、赤子同然か」

と複雑な顔を見せて、苦笑いしたとか。

「坂崎どの、重豪様はわが父からの書状にて事情を聞き及んでおられるようです。具足開きに尚武館を訪ねよとそれがしに命じられたのは重豪様にございます」

本日渋谷重恒が尚武館を訪ねた真の理由は、先代藩主島津重豪にあったというのだ。

「と申されますと、わが倅が加治木を訪ね、薬丸新蔵どのに会うたことや、去年の鹿児島の具足開きに、藩主齊宣様の前で新蔵どのの相手をなしたことも、重豪様はご存じでございますか」

「すべて承知です」

両者は母屋に入る前に庭でしばし足を止めて話を続けた。

「齊宣様の御前で、倅はいささか軽率な真似をなしたようですな」

「それがしも父の書状にて知りましたが、あの場の坂崎空也どのの行動にはなんの瑕疵《かし》もござらぬ。新蔵めの誘いに、自ら無言の行を課していた空也どのは、断る術《すべ》がなかったのです。ともあれ藩主齊宣様をはじめ、大半の薩摩藩士はふたりの立ち合いにいたく感心いたしたとか」

「その結果、薬丸新蔵どのもわが倅も東郷示現流の恨みを買うことになりました」

　磐音の言葉に頷いた重恒が、

「坂崎どの、久七峠《きゆうしちとうげ》での酒匂兵衛入道《ひようえにゆうどう》と空也どのの尋常勝負もご存じですな」

　と話を転じた。

「はい、そなた様のお父上の書状にて」

「さらには日奈久《ひなぐ》の浜での酒匂一派との勝負も」

「承知です。また酒匂兵衛入道どのの三男参兵衛《さんのひようえ》どのとの勝負も知らされております。その折り、空也が傷を負い、そなた様の娘御の介護にて傷が癒えたことも承知しております」

「空也どのがただ今どちらにおられるか、ご存じですか」

　磐音は重恒の問いに頷いた。

「八代から次の修行の地に発ったようですな。渋谷様は空也が向かった地を承知でございますか」

　磐音は重恒に訊いてみた。

「はい」

　と渋谷重恒が応じたとき、

「おまえ様」

とおこんの声がして、母屋から姿を見せた。

「皆様がお待ちです。座敷にお招きしてはいかがでございますか」

「おこん、紹介しておこう。こちらは薩摩藩江戸藩邸重臣の渋谷重恒様である。薩摩入国に際して空也の命を助けてくださった麓館の渋谷重兼様は、このお方のお父上、そして、眉月様は娘御である」

おこんが一瞬茫然としたが、腰を折って深々と頭を下げた。

「空也の母、こんにございます。父上様と眉月様がおられなければ、倅はすでにこの世の者ではなかったことでございましょう。渋谷様、お礼の申し上げようもございません」

「おこん様、頭をお上げくだされ。わが父と娘もまた坂崎空也どのとの奇縁を喜んでいることが、それぞれの文から感じられます。お互い、出会う運命《さだめ》にあったとは思いませぬか」

重恒の言葉に顔を上げ、

「渋谷重恒様、有難いお言葉にございます。もしよければ母屋に参られませぬか」

とおこんは請《しょう》じた。

「薩摩藩あるいは渋谷家と坂崎家の間になんら遺恨はございませぬ。じゃが、江戸藩邸の中にはあれこれと申す輩《やから》がおるのもたしか。しばし時を重ねれば、坂崎家と渋谷家が自然に会える時節が参りましょう。その折りまで待ったほうがよさそうです」

ちらりと母屋を見て会釈を送った渋谷重恒が迷いを振り切ると、磐音とおこんに視線を戻した。

「坂崎どの、最前、空也どのが向かわれた修行の地を承知していると申し上げましたな。本日、それがしのいちばん大事な用事にござる。父の書状を乗せた薩摩の早船が未明、江戸の内海に到着いたしました。空也どのの近況、父の文にてお読みくだされ」

重恒が懐からぶ厚い書状を磐音に差し出した。

「なによりの便りにございます。重兼様にはくれぐれもよしなにお伝えくだされ。また、薬丸新蔵どののこと、それがしがなんぞなすことがあれば、なんでもいたす所存とお伝えくださいませぬか」

「承知仕《つかまつ》りました。またの機会に」

渋谷重恒が尚武館道場との間の庭に姿を消した。

夫婦が母屋の居間に戻ると、全員が磐音の手にある書状を見た。

「どなたかな」

速水左近がなんとなく相手の正体を察している口調で磐音に訊いた。

「速水様、薩摩藩の渋谷重恒様でございました」

「と申されますと、坂崎様がこのところ文の交換をなさる薩摩の渋谷重兼様と関わりの」

「由蔵どの、嫡子であられる」

「ということは、眉月様のお父上にございますね」

と睦月《むつき》が質した。

尚武館道場では客人の接待に回っていた門弟たちが無礼講の宴を始めていた。そのために女衆も手伝いの男衆も母屋に来ていた。この場にある者は身分の違いを超えて身内同然の間柄だった。

「そういうことだ、睦月」

と応じた磐音が仏間に入り、薩摩からの書状を仏壇に捧げると合掌した。かたわらでおこんも倣《なら》った。

しばし合掌していた夫婦が手を解き、

「お待たせいたすことになりますが、薩摩からの文を読んでようございますか」

と磐音が一座に断った。

「具足開きの日にこれ以上の贈り物はあるまい」

速水左近が応じた。

頷いた磐音が封書を披《ひら》き、中に包まれていた渋谷重兼の文を膝《ひざ》に置くと、もう一通をおこんに渡した。

渋谷眉月からおこんに宛てた文であることをその場のだれもが察していた。

磐音は、渋谷重兼からの書状を速読した。そして、冒頭に戻し、しばし間を置いて一同に言った。

「空也が八代湊を発ったことを、ご一統はすでに承知でございますな」

「東郷示現流の追っ手との無益な戦いを避けてのことじゃな」

と速水が磐音に質し、

「人吉藩のタイ捨流丸目種三郎《たねさぶろう》様の指示に従うてのことです。空也は人吉藩と関わりのある帆船肥後丸に乗り、肥前は五島列島の福江島に向かったそうです」

と磐音が答えた。

「肥前の福江島とはどこにあるのですか」

江戸生まれの品川柳次郎が、だれにとはなしに尋ねた。

この場には武左衛門もいたが、両側を女房の勢津《せつ》と娘の早苗に挟まれて口を封じられていた。

「柳次郎さん、五島列島はくさ、長崎の西の沖合、二十数里の外海にあるとやなかったろうか」

小田平助が柳次郎に答え、速水が頷いた。

「父上、兄上は武者修行に参られたのでしたね」

睦月が父に質した。

「いかにもさようじゃ、睦月」

「なぜ追っ手を避けるのでございますか」

「武者修行というても、むやみやたらに立ち合いをしてよいというものではなかろう。速水様も申されたように無益な戦いを避けてのことだ」

「八代から空也は船で島巡りか。睦月ではないが、島に剣術家はおるまい。狐《きつね》、狸《たぬき》と剣術比べしてものう」

と武左衛門が言った。

「武左衛門どの、武者修行は知らぬ土地や初めて会うた人々と接することも大事かと存ずる。どこに行って悪いということもございますまい」

と答えた磐音がもう一度書状の半ばから読み返した。

「武左衛門の旦那、江戸のわれらが空也様の行動を云々《うんぬん》しても、どうにもなるまい。こたびの文にても空也様が息災にしておられることが分かった。そのことを喜ばしく思うほかなかろう」

柳次郎の言葉に一同が頷いたが、

「柳次郎、足袋《たび》草鞋《わらじ》の上から痒《かゆ》いところを掻《か》いておるような気がして、すっきりせぬな。おこんさんや、ここいらで具足開きの酒を振る舞うてはもらえまいか」

武左衛門が催促した。

「それとも、そのもう一通の文を披露なさるか」

「武左衛門様、この文は、私宛ての大事な文です。申し訳ございませんが、独りでじっくりと読ませていただきます。その代わり、本日お酒はたっぷりと用意してございます。勢津様と早苗さんのお許しを得て、ほどほどに御召し上がりください」

おこんが言い、武左衛門がにんまりとした。

二

坂崎空也とトラ吉こと鵜飼寅吉は対馬藩の金石城《かねいしじょう》を、背後にある清水山城《しみずやまじょう》から眺めていた。金石城は清水山城の北東隣に位置する桟原城《さじきばらじょう》と併せて府中城と称される。

清水山城は、文禄《ぶんろく》・慶長《けいちょう》の役《えき》に際して築かれた太閤秀吉の御座所《おましどころ》だが、実際は金石城を御座所にあて、清水山城は要塞《ようさい》の役目でしかなかった。以来、二百年余の歳月が流れ、清水山城は荒れ果て、

「廃砦」

になっていた。

府中城下に接する湊には、ふたりには馴染みの帆船二隻が停泊していた。

空也の木刀で肩を砕かれたキム某を府中に運んで、医師の診察と治療を受けさせたのであろう。

二隻の船のうち、対馬藩の御用帆船に人影はなく、一方の朝鮮帆船には人の気配はあるものの、ひっそりとしていた。

昨日、泊まった大船越の水夫宿に馬二頭を預けた空也らは、

「対馬藩の役人に戻してほしい」

と願っていた。

最初、大船越の渡し船に馬を乗せて一緒に渡ることを考えたが、馬は乗せぬという。そこで両人だけが朝いちばんの船に乗って下島に渡り、街道を避けながら山道伝いに府中に到着したところだ。

トラ吉は、長軀《ちょうく》が目立つ空也を清水山城の荒れ砦に残して城下に出て、半刻後に握りめしを持って戻ってきた。城下の様子を眺めながらふたりは握りめしで腹を満たした。

「はて、トラ吉さん、どうなさいますか」

「朝鮮の船に乗り込みたいのじゃがな」

「乗り込んでどうなさるのです」

「抜け荷の証となる阿片を一袋頂戴したい」

「えらくあっさりと申されますね」

「わしひとりでは、なかなかさような真似はできないが、ここに強い味方がおるでな」

トラ吉が空也を見た。

「それがしを頼りになさるのですか」

「そなたは対馬藩を敵に回しておる。この対馬から出るのは容易なことではあるまい」

トラ吉が平然とした顔付きで言った。

「トラ吉さんにはなんぞ策がございますか」

「ある」

トラ吉が即答したところをみると、府中にトラ吉の仲間がおり、その者と連絡《つなぎ》をつけてきたのではないかと思った。

「わしらが用意しておる船に、そなたを乗せることもできるがな」

「それがし、このまま府中に残って、武者修行を続けようかと思います」

「わしと別れたいのか」

「武者修行に同行者は要りませぬ」

「坂崎空也どの、対馬藩も馬鹿ではないぞ。そなたの身許が分かっている以上、黙って手を拱《こまね》いているとは思えぬ」

「どうするというのです」

空也の問いにトラ吉がしばし間を置き、空也の顔を見た。

西日が両人の顔を照らしていた。

「わしは、対馬藩が薩摩の東郷示現流酒匂一派に連絡をつけているとみた。やつらは福江藩までそなたを追ってきた連中だぞ。いずれこの地にも姿を見せよう。それでもそなたは、対馬藩と酒匂一派を敵に回し、この地で戦うというか」

トラ吉の言葉に空也は驚きを禁じえなかった。

「まさか、対馬藩がわが追っ手に連絡を入れるとは考えもしませんでした。できることなら、無益な戦いは避けとうございます」

「ならば、高すっぽ、いや、坂崎空也どの、わしの力になってくれぬか」

空也は福江藩で抜け荷交易の現場に立ち会ったことがあった。それは自らが志願して、治助に恩義を返そうとしたからだったが、こたびは、いささか事情が異なっていた。

対馬藩の財源に関わる阿片抜け荷であり、その探索をする公儀の密偵鵜飼寅吉を助勢せよというのだ。

「高すっぽ、阿片には常用すると人を廃人にする害がある。そなた、阿片常習者の成れの果てを見たことがあるまい。京や大坂、江戸に広まったら大事だぞ」

空也は首を横に振った。

「トラ吉さんは、証となる阿片を手に入れたら、この対馬から長崎に戻られるのですか」

「そうするつもりだ。ただし、役目を果たさねば島は抜けられぬ。そうこうするうちに薩摩の船がこの府中の沖合に姿を見せような」

トラ吉が空也を脅すように言った。

空也は黙想した上で、

「朝鮮の船には何人乗っておられます」

「釜山浦から対馬の佐須奈に到着したときは十三人であった。だが、そなたがキム某を戦力から外したので、ただ今は十二人のはずだ」

「十二人対二人の戦いですか」

「高すっぽ、探索は密《ひそ》やかに済ますのが肝心じゃ。そなたが暴れ回って阿片を手に入れても、探索がうまくいったとはいえまい」

「なんぞ策がございますので」

「五つ（午後八時）前に朝鮮の船に対馬藩の急使が遣わされる。城への呼び出しだ。おそらく頭分以下、七人ほどが船を離れる。船を離れる刻は四半刻（三十分）か、長くて半刻（一時間）だ。その間に事を済まさねばならない」

とトラ吉が言った。

つまり対馬藩の使いは「偽者」ということだ。

行動の時まで一刻しかない。

空也は黙って立ち上がった。この際、

（トラ吉さんを信用するしかあるまい）

と思った。

宵闇《よいやみ》の浜にトラ吉の先導で空也が立ったとき、すっと一艘《いっそう》の小舟がふたりのところに近寄ってきた。トラ吉が黙って舳先に手をかけ、空也に乗るように仕草で命じた。

空也が飛び乗ると、トラ吉が水に浸かって舳先を回し、軽やかに小舟に飛び乗った。

小舟は漁り舟か、魚の臭いが染みついていた。

「やつらは陸《おか》に上がったか」

とトラ吉が訊くと、櫓を操る男が頷いた。

「よし、急ごう」

小舟は沖合に停まる朝鮮の帆船に向かって宵闇を突っ切っていった。櫓の漕ぎ手は慣れていた。

トラ吉は、背負った風呂敷包みを解くと、中から護身のための道具か、なにやらいくつか取り出して懐に入れた。

「トラ吉さん、それがしが助勢する要はないのではないですか。そなたらはかようなことに手慣れておられるようだ」

空也の言葉にトラ吉が、

「イルソンには李智幹《りちかん》という剣術遣いが乗っておる。一見年寄りに見えるゆえ李老師と呼ばれるが、意外に若いと言う者もいる。こやつはわれらの手には負えぬ。これまで朋輩《ほうばい》が三人ほどその李老師の剣の餌食《えじき》になっておる」

「イルソンとは船の名ですか」

空也の問いに、忍び込む仕度を終えたトラ吉が頷いた。

「そなた、知らぬ振りして、それがしに肝心なことはなにも話しておられませんね」

「坂崎空也どの、そなたの武者修行の相手は、敵を知って戦うより、知らずして勝負に及ぶことが多くはないか」

トラ吉の反問に空也が思案して頷いた。

「李老師もそのようなひとりと思えばよかろう。そなたが李老師を引き付けておいてくれれば、船倉に忍び込むのはわしの仕事だ」

と応じたトラ吉の口調が変わり、どことなく間延びしていた口調がきりりと引き締まっていた。

「相分かりました」

この期《ご》に及んでは、こう答えるしかなかった。

小舟が朝鮮の帆船に静かに横付けされた。

トラ吉が風呂敷包みから出した鉤縄《かぎなわ》を、ひょい、と船縁《ふなべり》に投げて引っかけると、手で、くいくいと引っ張って鉤がしっかりと食い込んでいるかどうかを確かめた。

そして空也に一つ頷き、無言で縄を手にして、するすると登っていった。

空也は木刀と脇差を小舟に置いていくことにした。

李老師なる剣術家との戦いが生じれば、修理亮盛光一剣に託すことになると考えたのだ。

空也は両手で縄を摑むと、小舟の底を蹴って一気に船縁を躍り越えた。無言を貫いていた小舟の船頭が、驚きの声を発した。

ふわり
とイルソン号の甲板に舞い下りると、トラ吉が啞然と空也を迎えた。

「よし、わしは船倉に忍び込む」

すぐに平静に戻ったトラ吉はイルソン号の内部を承知なのか、迷うことなく舳先のほうへ向かって腰を屈め、足音も立てずに姿を消した。

空也は間を置いて立ち上がり、甲板の上で飛び上がってどんどんと音を立てた。

すると異国の言葉を発しながら、甲板に四人が飛び出してきた。そして、空也を見て朝鮮語でなにかを叫んだ。

「それがし、そなたらの国の言葉を解しませぬ。和語ができるならば答えていただきたい。そなたらの中に李老師はおられるか」

四人が顔を見合わせた。

「李老師は城に呼び出されて、ここにはおらん」

流暢《りゅうちょう》な和語でひとりが答えた。

「さようでしたか。できることならば、李老師とお手合わせがしとうございました」

すると甲板に五人目の朝鮮人が姿を見せた。

ほかの四人とは違い、高麗の武人の形《なり》をして、膝まである革沓《かわぐつ》を履いていた。手には弧状の剣を持ち、六尺五寸（百九十五センチ）はありそうな背丈だった。

「朋輩《ほうばい》のキムの肩を打ち砕いたのはそのほうか」

と大男が訊いた。

「いかにもそれがしです」

「許せぬ」

「それがし、李老師のご指導を仰ぎたかったのです」

「李老師は、そなたのような青二才とは立ち合われぬ。李老師の一番弟子、林大《りんたい》圭《けい》がキムの仇を討つ」

と刃渡り三尺はありそうな、反《そ》りの強い偃月刀《えんげつとう》を構えながら訊いた。

「そなたの得物《えもの》はなにか」

「剣にてお相手いたします」

空也は鯉口《こいぐち》を切って静かに修理亮盛光を正眼に構えた。

それに対して林大圭は偃月刀を、
ぶるんぶるん

と刃鳴りさせて片手で振り回しながら、空也の周りを回り出した。

空也は林大圭の動きに合わせて構えを変えた。

両雄の戦いを四人の仲間たちが固唾《かたず》を呑んで見守っていた。

林大圭が空也の周りを一回りすると、動きが速くなった。

だが、空也の動きはさほど変わらない。動いているかいないか程度の構えの移ろいで、林大圭に合わせていた。

林大圭が片手で振り回す偃月刀が速くなったり遅くなったりしながら空也の気を引いた。

だが、空也が動じないことに苛立《いらだ》ちを感じていた。

空也は操舵場に一つ影が現れたことを目の端で捉えた。

トラ吉だ。

だが、空也以外はだれも気付いていない。トラ吉は操舵場になにかを仕掛けている様子を見せたが、立ち上がると、

「早く決着をつけろ」

というふうに手で合図を送った。

「参る」

と空也が宣言した。

「おおー」

と大声で答えた林大圭が偃月刀を高々と頭上に掲げ、その構えのまま空也との間合いを詰めてきた。

ぶるーん
と刃鳴りが鋭く変わり、空也の脳天に落ちてきた。

その瞬間、空也は偃月刀の刃の下に踏み込みながら、正眼の修理亮盛光で、
ぱっ
と相手の手の腱《けん》を断ち切っていた。

その瞬間、

「あっ」

と叫んだ林大圭の手から偃月刀が飛んで、甲板にからからと転がり落ちた。

空也は、トラ吉が小舟に飛び乗ったのを確かめると、自らも盛光の血振りをして、船縁から小舟へと飛び下りた。

イルソン号の甲板で叫び声が上がった。

だが、その時には小舟はすでに数間離れていた。

「事は成りましたか」

空也がトラ吉に訊くと、トラ吉が、

ぽんぽん

と腹を叩いてみせた。そして、櫓を握る船頭のところに行くと櫓の手助けを始めた。

小舟が速くなった。

イルソン号の甲板を人影が走り回る。すでにイルソン号から四十間余は離れていた。すると船の方から、

ズドンズドン

と続けざまに銃声が響き、銃弾が小舟の上を通過していった。

その直後、イルソン号で光が走り、

ド、ドドーン

という爆発音が鳴り響いて、操舵場辺りに白い煙が立ち昇った。

トラ吉が櫓を握る手を放すと漕ぎ方を船頭に任せ、空也のかたわらに来て腰を落ち着けた。

「トラ吉さんはあれこれと芸を隠しておられる」

「朝鮮の帆船は、船足が結構早いのだ」

「で、イルソン号を破壊なされましたか」

「破壊というほどのものではない。舵《かじ》を壊しただけだ。だが、修繕には三、四日を要しよう」

　と平然とした顔で言った。

「坂崎空也どの、そなた、若い割に薩摩剣法から直心影流まで多彩な技を会得しておるな」

「トラ吉さん、最前の手首斬りはタイ捨流の技です。直心影流ではございません」

「ふーむ。相手によって技を変えおるか」

　と言ったトラ吉が、

「そなた、これで李老師にも狙われることになった。朝鮮人の気質は和人と違って、きついぞ」

　と言った。

「それもこれも鵜飼寅吉と名乗る人物に出会い、一夜の宿を共にしたせいです。予想もしないことでした」

「坂崎空也どん、それも武者修行たい」

と答えたトラ吉が話柄を変え、

「そなた、キムとの戦いの折りも最前の林大圭との勝負でもそうであったが、静から動に移る刹那《せつな》の迅速な動きを、どうやって会得したのだ」

と真剣に尋ねた。

空也はトラ吉の観察に驚いていた。

これまで戦いに際して空也が心がけてきたことは、旅の遊行僧《ゆぎょうそう》の無言の教え、

「捨ててこそ」

の一事であった。

尋常勝負では、すべてを捨てて立ち向かう覚悟が要った。だが、トラ吉には、

「稽古です。それ以外ありません」

と答えていた。

小舟が波に揺れた。

府中の湊の外に出ていた。

岬が小舟の行く手に見えた。そして、初めて見る帆船が停泊していた。

「トラ吉さんの仲間の船ですか」

「長崎奉行所の持ち船じゃ」

と言ったトラ吉が、

「高すっぽ、そなた、われらと一緒に長崎に行かぬか」

と訊いた。

空也はしばし考えた末、

「対馬から見た壱岐島に立ち寄ることはできませんか」

「こたびの御用は、そなたに助けられたゆえ、しくじらずに済んだ。壱岐島に下ろせというならばそうしよう」

と言い切った。

「鵜飼寅吉どのは御用を果たしたとなると、江戸へお戻りですか」

「長崎奉行と会うてみんと、たしかなことは言えぬ。じゃが、そうなろうな。江戸へなんぞ伝えることはあるか」

空也はしばし沈思した末に、首を横に振った。

三

この日、関前紅花《べにばな》を栽培する奈緒《なお》は、亀之助《きのすけ》、鶴次郎《つるじろう》、お紅《こう》の三人の子を伴い、関前藩大手門内にある坂崎家を訪ねることにした。

照埜《てるの》が風邪《かぜ》を引いたというので見舞いの訪問だった。

坂崎家の当主は遼次郎《りようじろう》へ代替わりし、従妹のお英《えい》と所帯を持ち、十一歳の遼太郎《りようたろう》を頭に十歳の長女萩埜《はぎの》、八歳の次男正次郎《しようじろう》がいた。

遼次郎は藩の中老職を務め、国家老の中居半蔵《なかいはんぞう》を助けていた。

藩主福坂周防守俊次《ふくさかすおうのかみとしつぐ》の信頼も厚い遼次郎は、養父坂崎正睦《まさよし》の跡を継いで、ゆくゆくは国家老職に就《つ》くと藩内では考えられていた。坂崎家の嫡子磐音が藩を離れたあと、坂崎家の養子となった遼次郎は家督を継ぎ、藩物産所の取締役を兼務する中老職に就いて、藩政を担っていた。

奈緒一家が坂崎家を訪れると、磐音の妹伊代《いよ》が見舞いに来ていた。

早速照埜の病間に案内されると、照埜はすでに床上げして、茶を喫していた。

「おや、奈緒さん、正月もお見えになりましたが、どうなされました」

と問う声もしっかりとしていた。

「いえ、照埜様が風邪をお引きになったと聞き、どのようなご様子かと」

「見舞いですか。正月、つい張り切ったのが応えたのでしょう。大した風邪ではありません。もはや熱も下がりましたし、少しばかりだるさが残っているだけです。皆に迷惑をかけてしまいました」

と答えた照埜が亀之助を見て、

「亀之助さん、母上を助けてしっかりと働いておられるそうな」

と声をかけると、亀之助は控えめな会釈を返した。

「照埜様、正月には大勢のお客様がおられましたゆえ、お話しできませんでしたが、ご迷惑でなければ、ご相談がございます」

と奈緒が言った。

嫁のお英と伊代が茶菓を運んできて、話に加わった。

「奈緒様、どうなされました」

伊代が尋ねた。奈緒の声が耳に入ったのだろう。

「鶴次郎のことですが、これも今年で十九になりました」

「空也と一緒でしたね」

「照埜様、空也様から文は参りませんか」

照埜が遠くを見るように、初春の陽射しが降りそそぐ庭に視線を向けた。

「薩摩を出て、肥後の人吉藩にて修行を続けていると江戸から知らせがございました。そのあとのことは磐音からの便りもないので、皆目分かりません」

照埜が寂しげな表情で言った。その様子を見た伊代が、

「母上、奈緒様は空也のことでこちらに参られたのではございません。鶴次郎さんのことで、なんぞ相談があるのではないでしょうか」

と話をもとへ戻そうとした。

「おお、そうでした。鶴次郎さんの話をしていましたね。奈緒さん、失礼をいたしました。年寄りは、ついつい今話していることを忘れて、別の話をしてしまいます」

照埜が孫の空也の武者修行を常に気にかけていることはだれもが承知していた。

「いえ、照埜様、私がお訊きしたことにございます。ただ、うちでも子供たちがいつも空也様の話をしておりますゆえ」

と応じた奈緒が、

「こちらの紅花栽培もなんとか目処《めど》が立ちました。亀之助が私を助けてくれますので、もはや関前紅花は大丈夫でございましょう。また江戸での買い手も藩の物産所のお力添えで、得意先が固定したようで安心いたしました」

「奈緒さん、そなたの頑張りには関前藩のだれもが感心しておりますよ。おお、

また話を取ってしまいましたね。鶴次郎さんの話でしたのに」

「鶴次郎は空也様の武者修行を見倣《みなら》いたいのか、江戸で修業をしたいと言うのです」

「おや、剣術修行ですか」

「いえ、紅花修業をしたいと」

「おお、そうでしたか」

「一から修業するには歳がいっておりますゆえ、私はそのあたりを案じております」

奈緒は、鶴次郎の本心を疑っていた。

「鶴次郎さんが江戸で紅花修業ですか。奈緒さんの店もそれなりに繁盛していると遼次郎から聞いておりますよ」

「最上紅前田屋《もがみべにまえだや》は藩物産所の助けもあって、私抜きでよう続いてきたと感心しております。鶴次郎は、ただ今店を任せている秋世《あきよ》さんを手伝いながら、紅花染めを修業したいと言うのです」

「よいお話ではございませんか」

照埜は即座に賛意を示し、

「お英、伊代、どう思われますな」

と嫁と娘に尋ねた。

「私もよいお話だと思います」

とお英が返事をすると、伊代が尋ねた。

「奈緒様、鶴次郎さんをひとりで江戸へ行かせるのですか」

「相談とはそこでございます。最前も申しましたが、亀之助が紅花栽培を取り仕切っておりますから、こちらのほうは大丈夫かと思います。この機会に、私も鶴次郎に同道し、江戸の店の様子を見て参ろうかと思います」

と奈緒が本心を未だ隠して言った。

そこへ当主遼次郎が下城してきた気配があり、お英が迎えに出た。別座敷で遼次郎の着替えを手伝いながら、奈緒と鶴次郎の江戸行きについて話すお英の声が伝わってきた。

着替えを済ませた当主の遼次郎が姿を見せた。

「養母上《ははうえ》、ただ今戻りました」

と挨拶した遼次郎が奈緒に視線を向けて、

「奈緒様、よう参られました。養母の風邪見舞いじゃそうですが、もはや医師も回復間近と言うております」

遼次郎が豊後関前藩の中老職らしい貫禄のある、落ち着いた口調で奈緒に言った。遼次郎のあとに、遼太郎、萩埜、正次郎が従ってきたが、さすがは侍の子供たちだ。亀之助らに親しげな笑みを向けただけで、両親の背後に控えた。

「奈緒様、お紅さんも亀之助さんと一緒に関前に残って留守番をなさるのですか」

それが、と言って奈緒がお紅を見た。

「照埜様、私も母のお店を手伝いとうございます」

お紅が言い出した。

「おやおや、前田屋の三人が関前を不在になされますか。亀之助さん、おひとりで大丈夫ですか」

照埜が亀之助のことを案じた。

三人の中で長男の亀之助はいちばん寡黙だった。だが、紅花栽培が関前の土地に根付いた背景には、奈緒を根気よく支えた亀之助の働きがあることを坂崎家の人々は知っていた。

「照埜様、手伝いの人もおりますゆえ、母や妹が半年やそこら留守をしても大丈夫です」

亀之助がはっきりと言い切った。

「ならば奈緒様、鶴次郎さん、お紅さんの三人の江戸行きは決まりですね」

遼次郎がなにかを思案するように言った。そのことを察したように、

「遼次郎、藩の船はいつ江戸へ向かうのです」

と照埜が訊いた。

「豊後丸《ぶんごまる》の出立《しゅったつ》は近々です。奈緒様、鶴次郎さん、お紅さんの三人が同乗する手配をいたしましょうか」

照埜の言葉を察した遼次郎が即答した。

遼次郎は中老職を務めながら藩物産所の取締役をこなしていた。今や関前藩の重要な稼ぎの一つになった紅花を育て上げた奈緒は関前藩の、

「御用紅花栽培人」

といってよい人物だ。

「いえ、私は紅花造りの農婦にございます。藩の御用船に乗せていただくなど滅相もないことです」

奈緒が慌《あわ》てて遠慮した。

「奈緒さん、関前藩が江戸との交易をなすようになったのは、磐音の考えが始まりでしたよ。またそなたの紅花栽培がただ今の関前藩にとってどれほど重要か、この年寄りでも分かります。殿様もそのことはとくとご承知のはず。遼次郎、殿様にお願いしてくだされ」

照埜が願った。

「承知いたしました」

遼次郎が請《う》け合い、

「船は十日ばかり後に関前を出立します。仕度はよろしいですか」

奈緒に念押しした。

奈緒はそれでも迷いがあるようで、亀之助ら子供たちを見た。

「母上、お殿様のお許しが出た折りは、有難くお受けください。三人だけの旅より私は安心して送り出せます」

亀之助が言い、ようやく奈緒も関前藩所有の御用帆船に乗船することを決心した。奈緒は、胸の中に秘めた鶴次郎のことを照埜にだけ相談してみようと思っていた。だが、大勢の坂崎家の人々がいる前で話す機会を失していた。

「いいな、お紅さん。江戸ってどんなところでしょう」

萩埜が奈緒らの江戸行きに関心を寄せて呟いた。

「萩埜、そなたの伯父上が江戸におられるのです。そのうち必ず江戸へ行く機会がございます。この祖母《ばば》が江戸へ行ったようにね」

照埜が孫娘に諭《さと》すように言い、

「お祖母様、私、空也さんが武者修行から戻られたら、一緒に江戸へ参ります」

萩埜が応じた。

「空也が関前に戻ってくるとは限りませんよ」

照埜が己の胸の願いとは反対の言葉を吐いた。

「空也さんはどこにいるのかな」

同い歳の鶴次郎が呟いた。

しばし座に沈黙が流れた。すると、

「養母上、御一同、空也どのの近況が少しばかり分かりました」

遼次郎が言い出した。

「えっ、文が、空也から書状が届いたのですか」

照埜が驚きの顔で遼次郎に質した。

「いえ、肥後人吉藩タイ捨流道場丸目種三郎様から国家老中居半蔵様宛てに、書状が送られてきたのです。中居様が殿に報告される折り、それがしも同席を許されたのです」

と事情を遼次郎が告げた。

「丸目種三郎様とは、薩摩から無事に戻った空也を長屋に住まわせ、道場で修行を許してくれたお方ではありませんか」

「養母上、いかにもそのお方です」

「未だ空也は人吉にいるのですか」

「いえ、去年の冬に空也どのは人吉から八代に出て、船にていずこともなく発ったそうです」

「遼次郎、いずこともなく八代を去るとはどういうことですか」

照埜が質した。

「空也どのは、薩摩の東郷示現流の酒匂一派に追われているのです。そのために丸目道場に迷惑がかからぬよう、無益な戦いを避けて次の地に向かったのです。そのお膳立《ぜんだ》てをしてくれたのが丸目先生です」

遼次郎は皆に分かるように、空也が東郷示現流の酒匂一派から狙われるようになった経緯と、その後の逃避行を告げた。

「驚いたな」

と鶴次郎が呟いた。

「空也さんは私と同い歳です。それが薩摩の東郷示現流に追われて幾たびも戦い、勝ちを制するなど考えられません。すごいな」

鶴次郎の短い言葉の中に妬《ねた》みがあることを感じ取ったのは母親の奈緒だけだった。

「鶴次郎さん、酒匂参兵衛どのとの戦いでは、空也どのも脇腹に傷を負うたそうな」

坂崎家の当主がさらに言い足した。

「えっ、空也が怪我をしたと言いなされたか」

こんどは照埜が驚きの言葉を発した。

「養母上、怪我は大した傷ではなかったようでございます。それに」

遼次郎が言葉を止めた。

「どうなされた、遼次郎」

「養母上、治療をなす場に、薩摩で命を助けていただいた渋谷眉月様とご家来の方がおられたそうです」

「渋谷眉月様とはどなたです」

照埜が首を傾げた。

「磐音様からの書状にありましたが、薩摩入国の折り、半死半生の空也どのを懸命な看護で助けてくださった麓館の主、渋谷重兼様の孫娘です」

「おお、思い出しました。そのお方がなぜ八代に」

照埜が新たな疑問を呈した。

「東郷示現流の刺客が空也どのに向けられたと警告する渋谷重兼様の文を持参して、人吉のタイ捨流丸目道場に訪ねていかれたのです」

「なんと、そのような薩摩藩重臣のお姫様が、空也の無事を気遣って隣国まで文遣いをなされたか」

「はい。ですが、空也どのはすでに八代に発っておられた。そのあとを眉月様と従者の方は、丸目先生が手配された球磨川《くまがわ》下りの早舟に乗って追いかけられ、怪我をしていた空也どのと八代で再会することになったのです」

その場の一同は、遼次郎の話を理解しようと沈思していた。

しばし間があって、

「と申されますと、空也さんは二度も眉月様に助けられたのですね。おまえ様」

とお英が訊いた。

「そういうことだ」

「お祖母様、空也様とそのお方は、深い縁《えにし》で結ばれているのではありませんか」

十歳の娘の萩埜が質した。

「かもしれませんね」

照埜が正直に答え、

「眉月様は空也が船で向かった先を承知なのですね」

「いえ、眉月様どころか空也どのも八代にいる時点では、船の行き先を知らなかったそうです。薩摩の追っ手にも分からぬよう用心してのことでしょう」

「ふーん、武者修行とはそれほど厳しいものか」

と思わず鶴次郎が呟いた。

「で、空也はその後、どこにいるのかも分からぬのですね」

照埜が遼次郎に問うた。

「いえ、分かっております。五島列島の福江島、福江藩五島家の領地です。八代から何日も船旅をなして到着する島です」

「結構、空也さんは武者修行を楽しんでおられますぞ」

鶴次郎が思わず洩らした。

「鶴次郎、言葉に気をつけぬか。空也さんはそなたのように軽々しい生き方をしておられるのではない。命をかけて修行を続けておられるのだ」

兄の亀之助が窘《たしな》めた。長兄の亀之助は、弟妹に対して父親代わりの役も務め、母を助けてきたからか、思慮深かった。

場が一瞬固まった。

奈緒は鶴次郎の軽薄を恥ずかしく思い、疎《うと》んじた。

「父上、空也様はこれから先も薩摩に追われての武者修行が続くのですか」

十一歳の遼太郎が質した。

「父にも分からぬ」

遼次郎は正直に答え、

「ただ一つ、丸目先生の言葉を借りれば、『坂崎空也なる若武者、自ら戦いを望んだことは一度としてなし。尋常勝負の結果、東郷示現流酒匂一派に命を狙われ申したが、これについて薩摩藩主島津齊宣様も東郷示現流も酒匂派の行動を許しておらじ』と認《したた》められてあった。書状を読まれたわが殿も、『空也は、だれに非難を受けることなし。さすがは坂崎磐音の嫡男なり』と仰せられた」

「ではなぜ、酒匂一派に命を狙われるのでございますか、父上」

「遼太郎、尋常勝負であったとしても、剣術家の戦いには恨みが残る。剣術家も人間ゆえ、正邪は分かっていても意地を貫かねばならぬのであろう」

遼次郎の報告は、その場にいる人の気持ちを決して明るくはしなかった。

だが、空也の戦いは孤独の戦いではない。多くの人々の気持ちに支えられているのだと思われた。そのことが皆の救いだった。

四

坂崎空也は、長崎奉行所の御用船の舳先から平戸藩の属島、壱岐島の北端にある小島の辰ノ島《たつしま》を見ていた。

空也は無人島の辰ノ島も壱岐本島も周りの島々も、これまで歩いてきたどの島々より神秘的な雰囲気が漂っていると感じていた。辰ノ島の海水は蒼《あお》く透き通って空也がこれまで見たこともない色だった。そのことが壱岐島全域を、

「聖なる島」

と思わせた。

「高すっぽ、本当に壱岐島に上陸するのか」

トラ吉が空也に質した。

「トラ吉さん、この島が気に入りました」

「そなたがこれまで訪れた福江島、対馬より小さな島じゃぞ。南北四里七、八丁、東西三里半ほどしかあるまい。高すっぽなら数日で島じゅうを巡ることができよう」

「人は住んでおられるのですね」

「ああ、肥前平戸藩の離れ島ゆえ、平戸藩城代と家臣団がおられる。島は古く『天比登都柱《あめのひとつばしら》』と呼ばれ、鎌倉時代には大陸から二度にわたって侵略を受けたこともあるのだ」

一度目は文永《ぶんえい》の役《えき》と呼ばれ、壱岐守護代の平景隆《たいらのかげたか》らが元《げん》軍に応戦したが多勢に無勢、圧倒的な力で侵略された。二度目は弘安《こうあん》の役で、再び元軍の上陸を許したが、和国の反撃で壱岐から撤退した。

トラ吉は対馬を離れた途端、これまで見せなかった潑剌《はつらつ》とした言動で空也に説明してくれた。

船は、壱岐島の北から東に回り込んでいた。行く手に岬が見えた。

魚釣崎《うおつりざき》だ。

空也は岬に視線を預けながら念押しした。

「ただ今も平戸藩の領地なのですね」

「そうだ。平戸藩の飛び地として城代がおられるが、平戸藩そのものは松浦《まつら》水軍で知られる松浦党の流れを汲《く》む平戸松浦氏が治めておられると聞いた」

船が魚釣崎を横目に回り込むと浜が見えた。

「高すっぽ、壱岐は大陸と和国両方の影響を受けていてな。壱岐七社と呼ばれる平戸藩が格別に崇拝する神社が島に点在しておるそうな。わしは話で聞いただけでな、未だ上陸したことはない」

空也は船から見える小高い山を見ていた。

トラ吉が船頭に訊くと、

「男岳《おんだけ》たい、あの山の上には男嶽《おんだけ》神社があってくさ、わしらがいた対馬も望めよう。神社の祭神は猿田彦命《さるたひこのみこと》たい。そのせいか猿の石像がごろごろあるげな」

と教えてくれた。

「トラ吉さん、それがしを男嶽神社に近い浜で下ろしてくれませんか」

「繰り返すが、壱岐にはなにもないぞ」

「神様が住んでおられましょう」

「九国《くこく》と大陸を結ぶ海上に位置しておるのはそなたも分かったであろう。ゆえに島は高麗とも九国とも交流があり、不思議な島であることはたしからしい。よいか、高すっぽは、朝鮮の李老師一派と薩摩の東郷示現流酒匂一派の二つから追われているのだ。そのことを考えれば、幕府直轄の長崎にわしと行くほうが安全と思うがのう」

トラ吉が最後の忠言をしてくれた。

対馬を離れてから何度目であろう。

「それがし、武者修行中の身です。無益な戦いをなすのは愚の骨頂でしょうが、追っ手を恐れていては修行になりません」

「まあ、それはそうであろう。とは言うても、東郷示現流だけでも大変であろうに、朝鮮の老剣客李智幹まで加わったのだぞ。壱岐島なんぞに上陸してみよ、あやつらに知られたら、避ける場所もあるまい」

「行き合うときには致し方ありません」

と答えた空也は壱岐島の北端の海岸を見て、

「壱岐七社の神様がそれがしを守ってくださいます」

と言い切った。

「そこまで言うならば致し方ない」

トラ吉が船頭に、島に船を寄せよと命じた。

「男岳近くの浦《うら》でいいかね」

船頭が空也に尋ねた。

「お願い申します」

「若い衆よ。壱岐ではな、百姓の村には『触《ふれ》』、海で働く漁師の集落には『浦《うら》』を地名の末尾に付けて区別する。触の者が海で魚を獲《と》ることは許されず、浦の者が田畑を耕すことを禁じておってな。平戸藩の意向ではのうて、古くからの習わしたい。あんたさんがくさ、島ば出たかときにはくさ、浦の男に頼みない」

と名も知らぬ船頭が教えてくれた。

会釈して応えた空也はトラ吉に視線を向け、

「トラ吉さん、世話になりました」

「いや、そなたが助けてくれなかったら、こたびの御用は未だ成ってはいなかったろう。感謝するのはわしのほうじゃ」

「トラ吉さん、こたびの一件、江戸へ戻り、公儀に報告するのですね」

「わしが直《じか》に伝えるのではあるまい。長崎奉行がわしから聞き取りをしたあと、証の品々と一緒に書状を認《したた》め、江戸に報告するであろう。わしの務めは長崎で終わると思うがのう」

過日の話と違い、トラ吉は長崎にしばらく滞在する口調に聞こえた。長崎から来た船頭衆が新たな使命をトラ吉に伝えたのか。

「長崎ですか」

長崎には野崎島で共に異人剣士ラインハルトと戦った長崎会所の高木麻衣がいた。しまと偽名を名乗っていた女の顔が、ちらりと浮かんだ。遠い昔のようでもあり、つい昨日のことでもあるかのように空也には思えた。

「一緒に行かぬか」

トラ吉は、空也が迷っていると思ったか、長崎に行こうとまた誘いをかけた。

「いえ、それがしは男岳の浦で下ります。いつの日かトラ吉さん、いえ、鵜飼寅吉どのでしたね、いずこかで会うこともありましょう」

しばし沈黙していたトラ吉が気持ちを固めたように言った。

「坂崎空也どの、そなたが武者修行を無事に果たされることを祈っておる」

長崎奉行所の御用船は男岳の浦の沖で停まり、船から小舟が下ろされて水夫のひとりが空也を乗せて浦へと運んでくれた。空也の背の道中嚢には、御用船の炊き方が拵えた握りめし五つが竹皮に包まれて入っていた。

白砂の男岳の浦には漁り舟が何艘か浜に上げられていた。だが、人影はなかった。

空也は木刀を手に小舟から飛び降りると、その舳先を回して礼を述べた。

浦には小さな家が並んで網が干してあった。

空也は男岳に向かって歩き出した。

そのとき、家々の中から空也の行動を見詰める、

「眼」

を意識した。

島人たちは空也が何者か訝しんで見ているのだろう。

空也には慣れた視線だった。

浦から少し小高いところに上がると、長閑にも稲が刈り取られた田んぼが広がっていた。

空也は御用船から見た男岳に向かって走り出した。薩摩と肥後、日向の国境の山を知る空也にとって海抜五百五十尺余(百六十八メートル)の男岳など、

「岡」

と呼ぶに等しいものだった。

男岳の頂きに立つと、まずトラ吉たちが乗る長崎奉行所の御用船を探した。

御用船は黒い帆に風を孕《はら》んで壱岐瀬戸を南に向かって走っていた。

出会いがあって別れがあった。

空也はトラ吉と出会った対馬を振り返って見た。過ぎ去った日々が思い出される光景だった。しばし対馬に眼差しを預けていた。

どれほどの時が過ぎたか。

南を振り返ると、トラ吉を乗せた御用船の船影は波間に隠れて見えなくなっていた。

（はて、どうしたものか）

空也は猿の石像が何百も並ぶ男嶽神社に向かうと、無人の社殿で、

（壱岐島で修行をさせてくだされ）

と祈願した。

振り返ると白衣の男衆が茫然と空也を見つめていた。その背丈に驚いたのであろう。

「驚かせましたか。それがし、武者修行の者でございまして、怪しい者ではありません」

と言い訳した。

「こん神社はだいも立ち入っちゃいけんと」

「えっ」

と驚いた空也は、

「知らぬこととは申せ、えらい間違いを犯してしまいました」

と白衣の男に詫びた。

空也が旅の人間と分かった男は、

「仕方んなか。あとで塩を撒《ま》いてお浄《きよ》めしとくでな」

と寛容にも許しの言葉を口にした。そして、男が空也に尋ねた。

「あんたさん、黒か帆の御用船から小舟で浦に下りた人やな」

空也が浜に下りたのを見ていた住人だろうか。

「いかにもさようです」

空也のゆったりとした言葉に気を緩めたか、

「武者修行ち言いなったな」

と念押しした。

「はい。さよう申しました。数日前までは対馬に、その前は福江島にて修行をしておりました」

「こげんとこで武者修行ができるとな」

春先だというのに海の陽射しに灼《や》けた男は、三十過ぎくらいか。

「武者修行はどのようなところでもできます。この壱岐は平戸藩のご領地だそうですね」

「松浦の殿様のご領地たい。平戸ならくさ、剣術遣いはおろうばってん、こん壱岐じゃな」

と言った男がなにかを思い出したか、考える様子を見せた。

「なんぞ思い当たるお方がおられますか」

「和人じゃなかと」

と男が不意に言い、

「おいの本業は漁師じゃっと。そんで壱岐の海はどこでん承知たい」

と言い添えた。

「壱岐島の西に黒崎《くろさき》という岬が外海に突き出しとると。そこにな、猿岩《さるいわ》ちゅうて、海から百五十尺（四十五メートル）もある岩が突っ立っとると」

「ほう、猿岩でございますか」

空也は白衣の男がなにを言い出したか、理解できないまま相槌《あいづち》を打った。

「猿岩はな、こん壱岐島が『生き島』として誕生したとき、壱岐を繋ぎとめた八本柱の一本と言われとると。この猿岩にな、もう十年以上も前から高麗人の剣術遣いが住んどるげな。数年前のことたい、壱岐の島のくさ、郷《ごう》ノ浦《うら》に海賊が押寄せて島の村を荒らしたとき、こん高麗人が海賊どもを木刀一つで追い払ったことがあるたい。そんときから、この高麗人は、猿岩を守護する武人と崇《あが》められておると」

と言った。

「黒崎の猿岩に行けば、高麗人の武人に会えますか」

「高麗人がおまえさんを気に入れば会えるかもしれんたい」

と白衣の男が言った。

「これから黒崎岬に向かいます」

「山道たい、途中で日が暮れようたい」

「その折りは、洞《ほら》を探して休みます」

と空也は言い、

「武者修行の身で十分な金銭を持ち合わせておりません。些少《さしょう》ですが、お浄めの塩代にしてくだされ」

とわずかばかりの銭を男の手に握らせると、壱岐島の東から西へと勘を頼りに回り込むことにした。

その翌日の昼下がり、空也は黒崎岬に立っていた。

猿岩は確かに海から突き出るように立っていた。だが、猿岩の謂《いわ》れを伝えるほどの神秘的な光景とは思えなかった。

空也は道中嚢を外し、道中羽織を脱いで、木刀をそのかたわらに置くと、修理亮盛光と脇差を腰に、猿岩に向き合い、一礼した。

まず空也にとって剣術の基《もとい》となった直心影流の極意法定四本之形を、盛光を使って、八相《はっそう》から一刀両断《いっとうりょうだん》、右転左転《うてんさてん》、長短一味《ちょうたんいちみ》と緩やかに演じ、猿岩に献じた。

父直伝の法定四本之形に没頭すると、時の経過を忘れた。

ふと気付くと初春の陽が外海に傾いていた。

猿岩を眺めると、なんと最前と趣を変えて、一匹の猿が確かに壱岐島を引き留

める大きな、

「楔《くさび》」

の役目を長らく果たしてきたと思える景観に変貌していた。

「なんということか」

空也は盛光を鞘に納めると、猿岩を神々しく浮かび上がらせる真っ赤な陽に向かって合掌した。

人の気配を感じた。

振り向くと、高麗人《こまうど》と思しき灰色の長衣と軽衫《かるさん》を穿《は》いた男が、杖《つえ》を手に空也を見つめていた。四十前後か、背丈は五尺八寸（百七十五センチ）ほどだが、足腰がしっかりとしていて胸板も厚かった。

「断りもなくこの地を使わせてもらいました」

と空也は詫びた。

「なんぞこの地に用かな」

流暢な和語で空也に質した。

「それがし、坂崎空也と申し、ただ今武者修行の旅をなしている者です」

「武者修行とは珍しい。それにしても壱岐島にわざわざ参られたか」

「いえ、このところ福江島、対馬、そしてこの壱岐島と、島を巡っております」

「島巡りな。そなたに相応《ふさわ》しい武人に出会うためか、それともほかに曰くがあってのことか」

「島から島へ渡ったのは、理由なきことではございません」

「話してみぬか」

と高麗人が言った。

頷いた空也は、薩摩の東郷示現流の高弟酒匂兵衛入道一派に追われて福江島に逃れたことから、福江島に追っ手が現れる知らせを受けて野崎島に向かい、そこから対馬に移ったこと、そして対馬藩と朝鮮人との阿片抜け荷に絡《から》んで、朝鮮の武人と戦ったために、今では酒匂一派と朝鮮の武人の両派に追われていることなど、これまでの武者修行の経緯を語り聞かせた。

「歳はいくつか」

空也の話を聞いた相手が尋ねた。

「十九にございます」

「武者修行に出た齢《よわい》は」

「十六でございました」

「わしの庵《いおり》に来ぬか」

と相手が言った。

「そなた様の名はなんと申されますか」

「名がなければ、付き合いはできぬと言うか」

「いえ、それがしも薩摩にいた一年九月《ここのつき》、名無しの上に無言の行を己に課して過ごしました」

「面白い」

と言った高麗人が、猿岩から少し離れた崖の間にある亀裂伝いに空也を導いていった。

庵とは外海と猿岩が望める崖の途中の洞穴のことで、中には囲炉裏まであった。

「そなた、わしのことをだれに聞いた」

「島の北、男嶽神社が立ち入りを禁じていることを知らずにお参りした折り、そこで会うた白衣の島人が、そなた様のことを教えてくれました。昨日のことです」

男は種火を使い、囲炉裏に火を点《つ》けた。

「そなた、追っ手の朝鮮人の武人の名を承知か」

「李智幹老師と申されるそうです。それがし、李老師には未だ会うたことはございません」

「李一派の門弟には会うたというか」

「はい。最初はキムと言われる方で、二番手は林大圭と申されるお方です」

「ふたりは死んだか」

「いえ、ひとりは肩の骨を砕き、ひとりは手の腱を断ち切っただけです」

「それで李智幹から追われておるか」

「はい」

しばし考えていた相手が、

「好きなだけこの庵にいよ」

と許しを与えてくれた。

空也は黙って頭を下げた。

第四章　猿岩の武芸者

一

具足開きが終わり、しばらく経った頃、坂崎磐音は摂津の大坂の飛脚屋を通して、

「江戸神保小路尚武館　坂崎磐音様」

と宛てられた書状を道場で受け取った。母屋に戻り、その文を読み終えたとき、中川英次郎が一人《いちにん》の武家を伴い、母屋に姿を見せた。

初対面の相手は刀袋に入れた長寸の剣を手に提《さ》げ、顔には緊張があった。

「英次郎どの、どなた様かな」

「肥後人吉藩御番頭《ごばんがしら》常村又次郎《つねむらまたじろう》様にございます」

と面会人を紹介した。

「人吉藩じゃと。倅が世話になったタイ捨流丸目種三郎先生の門弟どのかな」

磐音が常村又次郎に笑みを浮かべて質すと、

「いかにもそれがし、丸目先生の弟子にござる」

と常次郎が緊張した顔で答えたところに、おこんが姿を見せた。

「おこん、空也が世話になっていた人吉藩の常村又次郎どのじゃ」

「まあ、なんと」

と応じたおこんが、

「常村様、縁側からでよろしければ座敷にお上がりください」

と請じ、

「英次郎さんも、常村様のお話が聞きたければ同席してよろしゅうございますよね」

と磐音に許しを求めた。

「常村どの、わが門弟が同席しても差し支えござらぬか」

「坂崎先生、それがし、空也どのから預かった剣を父御の坂崎磐音様にお届けに参ったのでございます。なんの差し支えもございません」

と又次郎が応じて、頷いたおこんがふたりを座敷に誘った。

「常村どの、剣を空也から預かったとは、またどのような曰くですかな」

初めて知る事柄に磐音が又次郎に質した。

空也は、将軍家斉から拝領した修理亮盛光を携えて武者修行に出ていた。

その空也がなぜ剣を又次郎に預けたのか。これまで渋谷重兼や丸目種三郎と書状を交換してきたが、空也の剣について触れたものを受け取ったことはなかった。

おこんが茶菓の用意にかかるため、その場から下がった。

「坂崎先生、まず預かりし一剣をお確かめくだされ」

又次郎が刀袋から薩摩拵えの刀を取り出しながら、

「空也どのはこの大和守波平《やまとのかみなみのひら》を、麓館の渋谷重兼様から頂戴したと聞いております」

と説明し、磐音に差し出した。

「たしかに受け取り申した」

と答えた磐音が、柄《つか》の長い薩摩拵えの波平の黒塗鞘斜刻鉄金具打刀拵《くろぬりざやななめきざみてつかなぐうちがたなこしらえ》を長いこと見て、

「ううーん」

と唸り、

「見事な拵えかな」

と思わず感嘆の言葉を吐いた。

そこへ、おこんと睦月が茶菓を運んできた。

磐音は、牛革檜垣文《ひがきもん》着せに白糸が平巻きにしてある薩摩拵えの柄から、小さな鍔《つば》、そして鐺《こじり》までを何度も凝視し続けた。

「おまえ様、空也の刀ですか」

「空也は身一つで薩摩に入国したようだが、渋谷重兼様が気にかけて贈られた一剣じゃそうな。ということは、酒匂兵衛入道様との勝負はこの波平で戦うたということか」

自問する磐音に又次郎が、

「いかにもさようです。また、人吉に戻ったあと、球磨川に架《か》かる橋の上で薩摩の刺客に襲われし折りにも、この波平で立ち合われました」

と説明し、

「そうでしたか」

と磐音は得心した。

「空也どのは人吉を離れる折り、青井阿蘇《あおいあそ》神社で酒匂一派の門弟に勝負を挑まれましたが、その折りは木刀勝負にございました。そして、その勝負のあと、『武者修行中のそれがしには二口の刀は無用』と申されて、それがしに、この剣を江戸に参勤上番《じょうばん》した折りに尚武館道場に届けるよう頼まれたのです。ところが藩の都合で、それがし参勤交代に先んじて上府することとなり、こたびの訪問と相成りました」

又次郎の説明に首肯した磐音は、座を立つと大和守波平を鞘から抜いた。

刃渡り二尺七寸三、四分か。

(空也はこの薩摩拵えの長剣を使いこなすか)

磐音はわが倅の成長を想像した。

「坂崎様、球磨川大橋上での勝負のあと、人吉の研ぎ師に研ぎを願いましたゆえ、血のりはなかろうと存じます」

又次郎が研ぎにも触れた。

「空也はただ今、修理亮盛光を携えているのですね」

「はい。薩摩に入る折り、空也どのは大小を領内の宮原村浄心寺家《みやはるむらじょうしんじ》に預けていかれたのです」

磐音は長い時をかけて波平を見ていたが、ゆっくりと鞘に納め、次の間に行くと仏壇の前に捧げて、拝礼した。

座に戻った磐音が又次郎を見て、

「常村又次郎どの、多大なるご面倒をおかけ申しましたな」

「いえ、空也どのはわれらに剣術修行の厳しさを教えてくれました」

そのように前置きした又次郎は、口を利《き》かなかった出会いからおよそ二年後、薩摩から戻った空也の変貌ぶりを語って聞かせた。

おこんは、又次郎の話を聞きながら必死で涙を堪えていた。

「丸目先生や渋谷重兼様をはじめ、多くの方々が空也の武者修行をお助けくださっておる」

磐音がぽつりと言った。

「父上、兄上がかようにも多くの方々の親切を受けられるのはなぜですか」

と訝しげな顔の睦月が父に尋ねた。

「なぜであろうな」

と磐音も答えられずにいた。すると又次郎が、

「空也どのの剣術への一途《いちず》な気持ちがそうさせるのではありませぬか」

と答えた。

英次郎が頷いた。

睦月は又次郎の言葉を吟味するように思案していたが、

「常村様は、渋谷眉月様にもお会いになりましたか」

と不意に話柄を転じた。

「人吉の丸目道場に文遣いで参られましたゆえ、お会いいたしました」

「どのようなお方ですか」

「空也どのと似合いの女子《おなご》にございました」

又次郎の表現は直截《ちょくせつ》だった。

「兄と似合い、ですか」

「不思議ですか」

「兄がどうしてかくも皆様方に好意的に受け入れられるのか、妹の私には分かりませぬ」

「身近な間柄ゆえ、見えないことがあるのでございましょう」

「常村様は、兄をどう思われます」

妹の厚かましさで睦月は又次郎に訊いた。

「空也どのは、それがしとの最初の立ち合いではそれがしを勝たせてくれました。そのことが薩摩入りの前触れであったとは知らず、われら丸目道場の門弟一同は見事に騙されました。薩摩がどれほど偉大な強国か知るわれらに、空也どのは、時に知略も覚悟もなければ薩摩入りは、そして、薩摩から無事に出ることはできぬと考えられたのでしょう。大小を肥後に残していかれたこともそうですが、剣術修行とは命を捨てる覚悟あってのものだと、われらに身をもって教えてくれたのです」

「そのために兄は今も東郷示現流の一派に追われて、遠国を逃げておられる」

「逃げておられるのではございません。無益な戦いを避けておられるのです。その違いをご理解くだされ。それがし、空也どのに見事に騙されたうえに、尋常勝負の場に二度立ち合うたのです。ですから、その違いが分かるのです」

又次郎の返答に思案していた睦月が、

「常村様、よう分かりました。非礼な問いの数々、お許しください」

と詫びた。

「いえ、詫びる要はございません。それがし、空也どのに出会うて、短い間といえども共に稽古した日々を誇りに思います」

おこんの両眼から涙がこぼれた。

しばし座を沈黙が支配した。その場にいる人それぞれが異なった空也の武者修行の風景を想像する沈黙であった。

その沈黙を破ったのは磐音であった。

「本日は、嬉《うれ》しいことが二つも重なった」

「おまえ様、常村様の訪《おとな》いのほかに、もう一つの嬉しいこととはなんでございますか」

涙を拭ったおこんが訊いた。

「常村又次郎どのがこの母屋に来られる前にな、摂津より文を頂戴した。おこん、空也の近況にふれた文であった」

えっ、とおこんが驚きの顔を磐音に向けた。

「どなた様からでございましょう」

「それがしとは面識のないお方だがな。このお方にも空也が世話になっておるのであろう」

磐音は懐に仕舞っておいた文を出すと、

「肥後国八代の帆船肥後丸の主船頭治助と申されるお方じゃ」

「な、なんと、奈良尾の治助が」

　こんどは又次郎が驚きの言葉を洩らした。

「常村どのはこのお方をご承知ですか」

「人吉藩と関わりのある者にございます」

「そうでしたか。空也はこのお方の船で福江島に渡り、さらに後日、平戸藩の飛び地の野崎島に移った空也を迎えに行ってくれたお方じゃそうな。この野崎島で空也は、切支丹神父のラインハルトなる異人剣士を討ち果たしたそうです」

「なんと、空也どのは八代を出たあと、福江島をはじめ、西国の島巡りをしておりましたか。そのうえ、異人の剣士と刀を交えたとは」

　又次郎は初めて聞く話に驚きを隠せなかった。

「なぜ、兄上は異人と剣を交えられたのでございますか」

　突然の話の展開に睦月がついていけず、父に質した。

「この者、長崎にて何人もの武士を辻斬りしてこの島に逃げてきたのじゃ。どうやら空也がラインハルトと戦うた背景には、長崎奉行所あたりに頼まれての事情《こと》があったのではないかと、治助どのは推測を記しておられるがのう」

「おまえ様、空也は今どこにいるのですか」

「治助どのが、対馬に空也を送っていかれたそうだ」

「対馬ってどこ」

睦月が口を挟んだ。

「対馬とは、福江島よりさらに北にある、異国高麗との国境の島にござる」

と又次郎が睦月に応えた。

「高麗ですか」

「今では朝鮮とも呼ばれる国です」

と又次郎が答え、

「朝鮮通信使一行の国ですね」

と中川英次郎が睦月に分かるように言い足した。

睦月は理解できないままに呟いた。

「兄上は薩摩の衆との戦いを避けて島巡りをしているのですか」

「どうやらそのようだ。治助どのは、空也を対馬で下ろしたあと、摂津に商いで参られ、われら家の者が案じておろうと思い、空也には無断で文を認めたと付記されておった」

「常村様やそのお方のお蔭で、母上が涙をこぼされることが多くなりました。いえ、常村様、母の涙は嬉し涙にございます」

と睦月が言った。

「いかにもさようです」

とおこんが答えると、

「英次郎さん、こちらに住み込み門弟衆を呼んでください。皆さんも常村様のお話を聞きたいと思われますので。おまえ様、ようございますね」

と最後に磐音に許しを乞うた。

「常村どのが迷惑でなければのう」

「いえ、それがし、迷惑などなにもございません」

又次郎の返答に、英次郎が急ぎ道場に戻っていった。

「坂崎先生」

「なんじゃな」

「お願いがございます。それがしを尚武館道場の門弟衆の端に加えていただくことはできませぬか」

「尚武館は来る者は拒まず、去る者は追わずが道場訓でな。互いに切磋《せっさ》琢磨《たくま》されるがよかろう」

磐音があっさりと入門を許した。

「あらあら、剣術好きがまたひとり増えたわ」

と睦月が笑った。


翌朝、常村又次郎は、再び直心影流尚武館道場を訪れた。

人吉藩上屋敷は愛宕下藪小路《あたごしたやぶこうじ》にあったが、御堀端に沿って千代田城の東側を半周し、駆け足で神保小路に辿り着いた。

又次郎はこれまでにも参勤交代で江戸に逗留したことがあったので、およその町並みは承知していた。また昨日、尚武館を訪問していたため迷うことなく神保小路に着いた。

刻限は六つ（午前六時）前であったろう。

だが、すでに朝稽古は始まっているようで、大勢の門弟衆が醸し出す張りつめた気配が門前まで漂っていた。

（明日からもそっと早く屋敷を出ぬといかんな）

と思いながら尚武館の式台前に立つと履物が整然と並んで、その数、百足は軽く超えていた。

又次郎は、タイ捨流丸目道場と尚武館を比較する気持ちはさらさらなかったが、尚武館道場から伝わってくる熱気に圧倒された。

「おお、おいでになったか」

稽古着姿の中川英次郎は、又次郎の到来を気にかけていたようで、すぐに姿を見せると、道場に併設された控え室に案内し、

「ここで稽古着に着替えなされ」

と教えてくれた。

「英次郎どの、心遣い痛み入る」

「なんのことがありましょう。空也様は人吉のタイ捨流丸目道場で稽古をしたのでございましょう。ならばお互いさまです」

「英次郎どの、昨日は尚武館を表から見ただけでしたが、道場の大きさに圧倒されました」

「最初に尚武館を訪れるだれもが、同じ思いに駆られます。ですが、すぐに慣れますよ」

稽古着を着た又次郎は持参の木刀と竹刀を携えて尚武館道場に入った。

その瞬間、壮観な稽古風景に立ち竦《すく》み、改めて圧倒された。尚武館は又次郎が

想い描いていた以上の緊迫した熱気に包まれて稽古が行われていた。

茫然自失する又次郎に、

「まず体慣らしをいたしまして、そのあと、それがしと稽古をいたしませんか。だんだんと慣れてくれれば、稽古相手には事欠きません」

英次郎が又次郎を鼓舞するように言った。

両人は道場の隅で体を動かして温め、竹刀を手に初めて打ち合い稽古に入った。

英次郎は昨日、師匠の磐音から、

「又次郎どのと稽古をしてみられよ」

と命じられていた。

磐音は、又次郎の力が英次郎とほぼ同じと見ていたのだろう。

ふたりが一礼し、竹刀を構え合ったとき、師匠の坂崎磐音の眼力が的確であったことを英次郎は知った。

両者は流儀を超えて無心に打ち合った。攻めと守りを繰り返し、時折り交代しながら四半刻も打ち合い、竹刀を引いた。

「どうだな、タイ捨流の稽古とそう大きくは違うまい」

道場の壁際に下がった又次郎に神原辰之助が声をかけた。

この数年尚武館の師範代を、「尚武館の関羽と張飛」と称される松平辰平と重富利次郎が務めてきた。だが、ふたりとも筑前福岡藩《ちくぜんふくおか》、豊後関前藩に仕官しており、藩の御用や主の登城に従うことが多くなった。そのために尚武館の師範代は、このところ神原辰之助が務めていた。

「おお、それがし、尚武館の師範代を務める神原辰之助と申す。空也様が人吉藩に大層世話になったそうな。こたびはわれらがそなたの手伝いをなそう。どうだ、英次郎との打ち合いの稽古のあとじゃが、それがしに付き合うてくれぬか」

「神原師範代、ぜひ」

と又次郎が立ち上がった。

「又次郎どの、それがしと神原師範代では力量に差がござる。存分に力を発揮して稽古をなされよ」

英次郎の言葉に励まされた又次郎は再び広い道場に出ていった。

「英次郎どの、どうじゃな、又次郎どのの剣術は」

磐音が英次郎に声をかけた。

「力量は磐音先生のお見立てどおりかと存じます。タイ捨流は素直な剣風と見ました」

「おそらく丸目先生のお人柄であろう」

と答えた磐音は、又次郎の攻めに直心影流の技を見ていた。おそらく空也との稽古で学んだものかと、空也の武者修行の片鱗《へんりん》を磐音は感じていた。

二

空也は猿岩のかたわらに広がる草原で独り稽古に没頭していた。野太刀流の、

「朝に三千、夕べに八千」

の続け打ちをこなし、ときに修理亮盛光を遣い、

「抜き」

の動きを繰り返した。

名も知らぬ高麗人は空也の稽古を見物することはあったが、稽古相手になろうとはしなかった。また空也も剣術指導を願うこともなかった。ただお互いが好きなように猿岩で暮らしていた。

空也は高麗人に見られているだけで、いつも以上に稽古に没頭できた。また空也は、高麗人の力量が並外れたものであることを承知していた。

そんなある日の朝、高麗人が六尺棒を手にし、

「稽古をしようか」

と空也を誘った。

「ご指導いただけますか」

空也が嬉しげに応じた。

「そなたはすでに独り稽古のコツを承知しておる。ゆえにわしが指導することもあるまい。退屈しのぎの気まぐれと思え」

「それがしにとっては、なんとも有難い気まぐれです」

空也は木刀、高麗人は六尺棒で対峙《たいじ》した。

一礼する空也に六尺棒が飛んできた。

いつどこでどう棒に力を加えたか、空也には分からなかった。ただ勘で、棒の先端が鬢《びん》を叩こうとしていることに気付き、瞬間的に前に出て木刀の柄もとで六尺棒の攻撃を受け止めた。後ろに飛び下がっていれば、空也は死んでいたであろう。それでも、
ゴツーン
と重い打撃が空也の手に響いた。

手が痺《しび》れたことを感じながらも空也は、さらに間合いを詰めて、木刀で相手の腹を叩こうとした。相手が間合いをとって飛び下がったため、空を切らされた。

そのために空也に間合いが生じたが、すぐさま野太刀流の続け打ちで迫った。

高麗人は六尺棒を自在に遣いながら空也の打突を受け続けた。

(間合いを空けてはいけない)

このことだけが空也の頭を支配していた。攻めに攻めた。

だが、高麗人も空也の続け打ちを弾きながら、空也の隙を窺っていた。

空也が攻め手に回ってどれほどの時が流れたか。

高麗人が空也の一瞬の隙を突いて、最初の一撃以来の攻めに転じた。

空也は、六尺棒の中ほどに手を置いて両端を使う迅速な攻めを、弾き続けるしか術はなかった。

野太刀流は受けに弱い。このことを麓館で野太刀流に接したときから感じていた。事実、薩摩剣法は、

「先手一撃」

の攻めの剣術だった。

薩摩滞在中も空也は常にそれを念頭に稽古を続けてきた。特に独り稽古の折り、

相手の続け打ちをどう受け止め、いつ反撃に転ずるかを考え続けてきた。

答えは一つだ。

相手の攻めに耐えること、耐えて相手が諦める瞬間に反撃に転ずることだ。

空也は、間をおかず瞬時に左右から、時に上下から飛んでくる六尺棒の動きに反応しつつ、

「反撃の機」

を窺った。

だが、高麗人は、空也の稽古を十日余り見てきて、空也の木刀の動きと体の使い方を承知していた。

空也は相手の目の動きと手の使い方を凝視して、棒が飛んでくる位置を察知しながら対応した。

技では高麗人が格段に上だった。

だが、耐久力と瞬発力では若い空也が勝っていた。

どれほどの時が過ぎたか、両者ともに分からなかった。

日没の光が猿岩を真っ赤に燃える火柱に変えた。

すとん

と音もなく陽が大海原に沈んだ。

それでも壮大な夕焼けの中、ふたりの武人はひたすら木刀と六尺棒を振るい続けていた。そして、宵闇が訪れたとき、高麗人が、

ひょい

と後ろに飛び下がった。

空也も木刀を置いた。

「ご指導有難うございました」

空也の言葉に高麗人はただ微笑んで頷いた。

次の朝、空也と高麗人は再び立ち合った。

以来、雨の日も風の日も、猿岩に見下ろされながら無言の立ち合いを続けた。

未だ空也の木刀は高麗人の体に触れておらず、高麗人の六尺棒も空也のどこにも接してはいなかった。

両者ともに、一打受け損ねれば剣術家として、武人としての、

「生命」

を失うことを承知していた。

そんな緊張感が支配する打ち合いが毎日続いた。

だが、高麗人との打ち合いの日々は突然終わりを告げた。

その日、戦いのような稽古の最中に、両人の打ち合いが海上に停泊する一隻の帆船から遠眼鏡《とおめがね》で監視されている気配に、空也も高麗人も気付いていた。

その日の稽古が終わったあと、一日一度の慎ましやかな食事の折り、高麗人が半月ぶりくらいに口を開いた。

「坂崎空也、別れの時が来た」

「はい」

と空也は答えた。

空也も、李老師こと李智幹と思しき一派が空也を見付けたと推測していた。

「ご指導の日々、坂崎空也、決して忘れません」

言葉なき無言の対決は、これまで薩摩剣法でさえ感じたことのない緊張と集中の連続だった。

（これが高麗剣法か）

粘り強く攻撃的な武術を空也は肌身で感じた。

空也は食事の後片付けをしたあと、旅立ちの仕度を終えた。

そのとき、空也は高麗人に質したい一事があることに気付き、数瞬迷った末に許しを乞うた。

「師匠、お訊きしてようございますか」

高麗人は黙って頷いた。

「師匠は、なぜそれがしに高麗武術を伝授してくださったのですか」

その問いを高麗人は承知していた。

長い沈思のあと、

「わしの名は李遜督《そんとく》じゃ」

とぽつんと呟いたあと、

「そなたの追っ手、李智幹はわが父だ」

と言い添えた。

「お父上ですと。なぜ」

「なぜ、父のもとを離れたか、知りたいか」

李遜督が反問し、空也は頷いた。

「そなた、心に秘めた女子がおるな」

と尋ねた。

李遜督と空也は武術のことも個人的なことも出会いのときに話して以来、なにも語り合ったことはなかった。だが、李遜督は空也にそう質した。

「はい」

空也は素直に返答した。そして薩摩入りの折り、半死半生の己を助けてくれた人物と孫娘のことを告げ、この娘には高麗人の血が流れていることを告げた。

「ゆえに対馬を訪れ、高麗を見たかったのでございます」

「そうか、その娘にはわが高麗の血が流れておるというか」

そう応じた李遜督が、

「わしが父のもとを離れたのは二十三の歳だ。十三年前、わしには好いた娘がおった。父は先祖伝来の武術をわしに継がせるため、妨げとなりかねないその娘を配下の者に命じて密かに殺してしもうたのだ」

と独白した。

「なんということを。高麗の武術はそれほど厳しいものですか」

「和人の武術家とて人それぞれであろう。そなたの父は薩摩の娘について承知か」

「それがしが薩摩を出たあと、娘の祖父と父は書状を交換していると聞いております。ゆえにそれがしの気持ちも」

「承知か。よい父御を持たれたな」

和《なご》やかだった李遜督の顔が一変した。

「わしの父は頑迷独断の人物だ。わしは父が娘を殺したと知ったとき、武術を捨てた」

「捨てきれましたか」

「そなたがいちばん承知しておろう」

と答えた李遜督が六尺棒を摑んだ。

空也も李智幹一派が猿岩を囲んだのを承知していた。

「わしとそなたを襲おうとしている者どもの中に父の姿はない。配下の者を見殺しにすることなど一顧だにせぬ。父はそなたとわしを共に見つけたことで、さらに憎悪が増しておるはずじゃ。父はそなたもわしも殺す気でおる。じゃが父の門弟などにそなたとわしのどちらとて殺せぬことも父は承知しておる。捨て駒が猿岩に襲い来るのじゃ」

頷いた空也は木刀を握りしめた。

「郷ノ浦に知り合いの和人がおる。浦の漁師にして壱岐の守り人じゃ。この者に会え。さすればそなたの願う地まで送り届けてくれよう。郷ノ浦に行けばそなたを彼のほうから見つけてくれるはずじゃ。坂崎空也、無益な戦いは避けよ。有象《うぞう》無象《むぞう》はわしが始末する」

と言って李遜督は洞の外へと出ていった。

空也は李遜督と父親の智幹一派の戦いの気配を感じながら、猿岩を離れた。

その夜明け前、空也は郷ノ浦の小さな神社にいた。

李遜督が教えてくれた知り合いの和人とは、浦の漁師にして壱岐の守り人ということだけだった。

空也はまず、李智幹一派の帆船が郷ノ浦の沖合にいないことを注意深く遠望した。その郷ノ浦を見渡している場所が、山の中腹にあるこの神社だった。

空也の勘は、

「動くべきではない」

と教えていた。

空也は続け打ちの稽古をしながら、

「時」

が来るのを待った。

昼下がりの八つ半（午後三時）の頃合いか、空也は人の気配を感じて続け打ちをやめた。

白衣の男が小さな社殿の前に立っていた。

空也に猿岩の高麗人のことを教えてくれた白衣の人物だった。

「だいぶ稽古ば積まれたごたる」

と空也に話しかけた。

「その節は失礼をいたしました。この宮も立ち入り禁止ですか」

「こん神社は郷ノ浦の漁師の守り神たい、立ち入りは勝手たい。ばってん、こん神社で木刀を振り回す武者修行者はそうおるめい」

と白衣の男が言った。

「ああー」

空也はそのとき気付いた。

白衣の人物こそ李遜督が言った「浦の漁師にして壱岐の守り人」ではないか。

「あんたさん、どこに行きたかと」

「はて、未だどこに行くか決めておりません」

というより肥前の外海に点在する島は数多あり、どこへ行きたいという考えも浮かばなかった。

「あっちこっちから追われておる御仁にしては呑気たいね」

白衣の男は空也の境遇を承知しているのか、そう言って笑った。

「壱岐の守り人」とは神の代理人ではないか。ならば何事もお見通しであろうと空也は思った。そこで「浦の漁師にして壱岐の守り人」に願ってみた。

「それがしはただ剣術修行に没頭できる土地ならばどこでもよいのです」

「ならばわしが連れていこうたい」

と請け合った。

「名前はなんと申されますか」

「わしの名な。白衣《しろごろも》の平吉《へいきち》と皆に呼ばれとると」

他人が勝手に呼んでいる名のように名乗った。

「平吉どの、わが師李遜督様は、未だ猿岩の洞に住まわれておりますか」

「いや、もはやおらんたい。十数年の隠れ暮らしは終わったとやろ」

「それがしが師の暮らしの邪魔をしたのですね」

平吉はしばし間を置いて首を横に振り、

「猿岩の暮らしとは別れる運命《さだめ》にあったとやろ。あんたさんのせいじゃなか」

と言い切った。

空也は李智幹の配下を倅の李遜督がすべて打ち負かしたのだと確信した。ということは李遜督もまた父親の李智幹に追われる身になったということか。同じ境遇に落ちた以上、またどこかで李遜督と出会う気がした。

「平吉どの、どこなりとそれがしをお連れください。されど、それがしは十分な路銀の持ち合わせがござらぬゆえ、なんぞ仕事を手伝わせてください」

空也は願った。

「あんたさんにはすでにお浄め料を頂戴しとるたい。今夜は月明かりがあろうもん、夜舟《よふね》になると」

平吉は小さな神社の裏手の道へと空也を案内していった。

岩場のかたわらに獣道のような急な段々が曲がりくねって下に続いていた。そんな段々道を下ると、浦に一艘の小舟が舫《もや》われていた。

「平吉どのの舟ですか」

「壱岐の守り人の舟たい。だれのもんでもなかと」

と平吉が言い、

「流木を集めてくれんね。浜でまんまを炊いていこうたい」

そう空也に命じた。

空也は浜の一角に石積みの竈《かまど》があるのを見た。

小舟ではめしを炊くことはできない。それでこの浜でめしを炊いてから舟に乗るのだろう。

竈のかたわらには真水が流れて海に落ちていた。

空也は枯れた小枝を片腕に抱えられる程度に集め、竈の中に枯れ葉や小枝を積んだ。

猿岩で一日一度の自炊をしていたから慣れたものだ。

平吉が火打石を空也に投げてよこした。それを受け取った空也は、枯れ葉に火打石で火を点けた。口の周りに両手を添えて息を吹きかけ、枯れ葉の火を小枝に移した。すると平吉が鉄釜の米を真水で洗い、水を加減して空也のところへ運んできた。

「島じゃ米はなかなか穫れんと。こん壱岐では貢ぎもんとして上がった米たい」

と米の謂れを説明した。

「竈の番をしない。わしは魚を捌くけん」

空也は大事な米を炊く番になった。そのかたわらで鯖《さば》を捌きながら平吉が、

「あんたさんと李さんは気が合うたたいね。この島で高麗人の名を知っとるとはわしのほかはあんたさんだけたい」

「最後の別れの折りに名を教えられました。李遜督様は、わが剣の師のおひとりです」

空也の言葉に頷いた平吉が魚を捌き終えて、塩を振り、割竹を中に刺し入れ、竈の火近くに立てた。

「高麗人とあげな打ち合いができるお侍は滅多におるめい」

白衣の平吉は両者の打ち合いを見守っていたのだ。

「李師は、それがしに手加減をなさり、高麗の武術を教えてくだされたのです」

平吉がまたしばし間を置いた。

「違うな。ありゃ、真剣勝負たい。ようもあれだけの打ち合いができるもんたい。これまでのあんたさんの武者修行が眼に浮かぶと」

ふたりは西に落ちる陽の中でゆるゆると夕餉の仕度をなした。

白めしに鯖の焼き物だ。

空也と平吉は丼で一杯ずつ食し、残りを握りめしにした。

浜の後片付けを終えたとき、日没の刻限だった。小舟に真水を入れた土瓶を載せて、波間に小舟を押し出した。

夜の航海が始まった。

空也はどこに向かうのか知らなかった。また、行き先を訊こうともしなかった。

三

麓館では渋谷眉月がいつものように麓飛鎌《ふもとひかま》神社にお参りに行き、武者修行中の坂崎空也の無事を祈願した。

眉月は江戸の両親から届いた文に、

「江戸へ戻ってきなされ」

との一文があるのを見て、迷いが生じていた。

かつて眉月が江戸を出て麓館にやってきた理由は一つだった。

薩摩藩主だった島津重豪の隠居に合わせて、祖父の重兼が江戸を引き払って独り麓館に戻ることを気にかけたからだった。

祖父重兼が年々齢《よわい》を重ねていくと、いよいよ麓館の暮らしから離れられなくなる。そしてもう一つ、眉月を麓館に引き止める、

「出来事」

が生じた。

川内川に半死半生の状態で浮かんでいた若者との出会いだ。

麓館で奇跡的に回復した坂崎空也と眉月は、この出会いに淡い運命を感じていた。一年九月あまりの薩摩滞在の間に、ふたりの心に互いを慮《おもんぱか》る想いがしっかりと芽生えていた。

されど若者は薩摩を離れて再び武者修行へ旅立った。

肥後の人吉から八代へ、さらには八代から五島列島の福江島へと渡っていた。

この流転《るてん》の旅は薩摩滞在中に生じた東郷示現流との確執に端を発していた。

鹿児島の演武館《えんぶかん》で催された具足開きの折りに薬丸新蔵が取った行動がきっかけで、薩摩から肥後へ出国しようとした空也を酒匂兵衛入道が久七峠で待ち受け、真剣勝負を強いたのだ。

この戦いの場に、祖父の家臣宍野《ししの》六之丞《ろくのじょう》が立ち会っていた。その尋常勝負の経緯と結果を聞いた祖父の顔には、複雑な表情が生じていた。

「眉月、高すっぽは酒匂兵衛入道に勝ちを得て、恨みを残した。今後坂崎空也の武者修行には、酒匂一派の追っ手の影が常にある」

「爺様、具足開きの折りの空也様は、薬丸新蔵様に誘われて相手を務めただけではございませんか」

「いかにもさよう」

「また国境の久七峠での勝負も空也様が望んだことではありません」

「眉月、いかにもさようじゃ。だがな、東郷示現流の酒匂一派にも、薩摩の剣術家の意地があろう。兵衛入道が斃《たお》されたことで戦いは必定《ひつじょう》となった。尋常勝負であろうと、負けのまま放置することは薩摩の剣術家として許されぬ。兵衛入道には三人の倅がおり、門弟たちもいる。高すっぽは、つねに彼らの追捕を受けつつ武者修行を続けることになる」

祖父と孫はしばし沈黙した。

「爺様、この戦いはいつまで続くのですか」

「はて、藩主の島津齊宣様の前で新蔵の相手をしたことが、ただ今の高すっぽの状態を生んだ。酒匂一派は、決して新蔵と高すっぽを諦めはせぬ」

と重兼は推量した。

そのことを眉月は自分の目で確かめることになった。

重兼の文を携えて人吉藩のタイ捨流丸目道場を訪ねた眉月は、道場主丸目種三郎から、すでに空也が人吉を発ったと告げられた。

その理由は人吉藩に酒匂一派の手が伸びてきて、空也は幾たびか剣を交えることになったからだ。

眉月は従者の宍野六之丞とともに球磨川の急流を舟で下り、八代に向かった。

だが、その地に空也の姿はなかった。

不安を胸に抱きつつ待っていた眉月の前に現れた空也は、人吉からの道中に三度にわたり、酒匂派の刺客たちの待ち伏せを受けていた。とくに三度目の戦いの相手は、酒匂兵衛入道の三男参兵衛であった。

空也は参兵衛との尋常勝負に勝ちを得たとき、自らも傷を負っていた。

眉月は、八代の宿で空也の怪我の回復に手を貸しながら、

(身は二つに離れていても坂崎空也様と心は一つ、決して離れることはない)

と確信していた。

しかしながら、坂崎空也の武者修行は続いていた。

怪我が治ったとき、空也は船に乗って八代から外海へと出ていった。

空也の行く先が海を隔てた福江島と知ったのは、眉月が麓館に戻ったあとのことだ。

今この時、坂崎空也はどこにいるのか。

眉月の胸は恋しさと切なさに張り裂けそうであった。

(江戸へ戻るべきか)

眉月の迷いは果てなく続いていた。

そんな眉月の想いを知ってか知らずか、八代から一通の文が届いた。

肥後丸の主船頭奈良尾の治助の手で認められた文だった。

治助の文には、丸目種三郎が「無益な戦い」を避けるために空也を福江島へ送り込んだにもかかわらず、酒匂一派の手はそこにも伸びてきて空也が野崎島へ逃がれたこと、その島で長崎で武家ばかりを狙って辻斬りを働いた神父剣士のマイヤー・ラインハルトを空也が斃したことが書かれていた。

空也はどこにいても剣の道から離れることはなかったのだ。そしてさらに驚く一事が書かれていた。

治助は、空也の望みで対馬に送り届けたというのだ。そして、それ以上に大事な一文は、対馬の北端に空也が向かった理由だった。空也は、

「高麗」

を遠望するために対馬の北端の岬に送り届けてもらったというのだ。

「なんと空也様は、眉の先祖の故郷を求めて、高麗が望める地に向かわれた」

眉月は治助の文を祖父に見せた。治助の文は眉月に宛てたものだった。重兼はそれを読んで、

「なんとのう、高すっぽは島から島を巡りながら、それでも修行を続けておるか」

と呟いた。だが、高麗を望む地に空也が向かったのは、眉月が渋谷一族の、

「出自」

を話した結果ではないかと考えたが、口にはしなかった。

眉月は、

(私が話したことを、空也様はなに一つ忘れてはいなかった)

と胸の中に熱い想いが沸き起こるのを感じていた。

「爺様、空也様は今も対馬におられましょうか」

眉月の問いにしばし黙考した重兼が、

「いや、もはや対馬にはおるまい。この船頭の文によれば、対馬に高すっぽを下ろしたあと、摂津を往来して八代に戻っておるゆえ、それなりの月日が過ぎておろう。高すっぽは酒匂一派に追われる身、対馬にもあまり長く滞在せずにどこか

別の地へ移っているのではないか」

と応えていた。

だが、渋谷重兼もまさか空也が対馬藩にからんで朝鮮人一味に追われている事実までは想像もつかなかった。なんとなく居場所を変えていると考えただけだ。そして、言い添えた。

「高すっぽの島巡りはそろそろ終わりではないか」

「なぜそう考えられます」

「高すっぽが九国を離れた理由は酒匂一派との戦いを避けてのことと言うたな」

「はい」

「だが、島にも酒匂一派は現れた。となれば、肥前か筑前に戻ってくるのではないか。高すっぽにとって優れた稽古相手は、島より佐賀《さが》藩や福岡藩のほうが見つけ易かろう」

眉月は祖父の言葉を吟味していた。そのとき重兼が、

「高すっぽは、武者修行をどう終わらせる気か」

と自問するように呟いた。

眉月にとって、

「どう終わらせるか」

よりも、

「いつ終わるのか」

そのことが気がかりだった。

「爺様、眉は坂崎空也様の武者修行の最後の地がどこか、なんとなく承知しております」

「ほう、どこか」

「それは爺様にも言えません」

「ならば胸に秘めておけ」

「はい」

と答えた眉月は、その地にて空也を待とうかと考えた。といって、その地に確たる心当たりがあるわけでもなかった。とにかく空也が西国にいる以上、やはり薩摩に留まったほうがよいと思った。

重兼は、対馬から空也がどこへ向かうかと考えたとき、

「長崎」

の二文字を頭に浮かべていた。

長崎は狭いながら、徳川家の治世下、公に異国に向かって門戸を開いている唯一の地だ。

若い空也はすでに異人剣士の剣術を承知している。その戦いの経緯次第では長崎に行くのではないかと、漠然と考えていた。

だが、彼の地には薩摩屋敷もある。酒匂一派に情報が筒抜けになる危険な地でもあった。それを空也は承知かどうか、胸の懸念を孫に伝えることはなかった。


この日、尚武館道場に一人《いちにん》の人物がお忍びで来訪し、緊張が走った。

十一代将軍徳川家斉だ。

家斉は尚武館の常にもまして熱の籠った稽古を半刻あまり見ると満足げな表情を浮かべ、磐音に先導されて母屋に移った。

そこには薩摩藩前藩主の島津重豪と速水左近が待機していた。

「上様、ご息災のご様子、重豪、これに勝る喜びはございません」

重豪が平伏して挨拶した。

「重豪、本日は忍びで尚武館の稽古を見物に参ったのだ。堅苦しい挨拶は抜きにいたせ」

「はっ」

と畏《かしこ》まった重豪が顔を上げた。

「上様、本日はお忍びと仰せられましたが、この隠居の重豪にご注意がございましょうか」

「いや、礼じゃ」

「え、上様、この重豪に礼を仰せられると」

「いかにもさよう」

「重豪、思い当たる節がございません」

「この尚武館道場主坂崎磐音の倅が薩摩に逗留した折り、手厚いもてなしであったそうな」

「おお、そのことでございますか」

重豪が磐音を見た。

磐音の顔に驚きを見てとった重豪が速水左近に視線を移し、

「本日は速水左近どののお計らいかな」

と呟いた。そして、なぜ家斉が尚武館道場主の嫡子に関心を寄せるのかと、訝しく思った。

坂崎空也は、薩摩から無事に出国したのだ。そのことで家斉が礼を述べるというのか。

家斉にとって、重豪はただの大名ではない。重豪の娘は家斉の正室だ。つまり重豪は家斉の舅《しゅうと》でもあった。

「重豪、空也は、予《よ》が下《くだ》しおいた備前長船派修理亮盛光を携えて薩摩入りしたか」

と尋ねた。

重豪は、はっとした。

空也は父の磐音とともに家斉にお目通りし、その際、備前長船派修理亮盛光を拝領していた。空也は家斉の拝領刀を腰に武者修行に出たか、と重豪は合点した。もし盛光を携えて薩摩に入国した者を、国境を守る外城衆徒《とじょうしゅうと》が討ち果たしていれば、いくら薩摩といえどもただでは済むまいと思ったからだ。

「上様、それがしの知るところによれば、川内川にて半死半生のところ、それがしの家臣であった渋谷重兼に助けられたと聞いております。上様より拝領した刀についてては、それがしはなにも存じませぬ」

と答えた重豪が速水左近を見た。

「上様、それがしの話が中途半端にございましたな。坂崎どの、上様に空也の薩摩入りの話をしてくれぬか」

と速水左近が磐音に話を振った。

もはや致し方なし、と覚悟した磐音は、

「畏《おそ》れながら上様、空也は、上様の拝領刀などを肥後に残し、身一つにて薩摩入りしたのでございます。薩摩領内の川内川に凍死寸前で流れ着き、重豪様のご重臣であった渋谷重兼様と孫娘の眉月様に発見され、医師のもとへ運ばれて治療を受け、一命を取り留めました。さらに重兼様は、わが倅を加治木、さらには鹿児島に同道させ、見聞を広めてくださいました。父親のそれがしは、薩摩に、また当代の齊宣様をはじめ、渋谷重兼様ら薩摩のご一統の親切と寛容に、いくら感謝しても足りませぬ。そのような倅が薩摩を出る折り、渋谷重兼様は、薩摩拵えの一剣大和守波平を贈ってくださり、家臣の方に国境まで見送らせたのでございます」

と話を進めた。だが、空也が東郷示現流の酒匂一派に恨みを抱かれ、薩摩を出たあとも幾たびも襲われたことには一切触れなかった。そして、最後に、

「上様、しばしお待ちを」

と断って、空也が丸目道場の門弟常村又次郎に預けた波平を持ち出すと、

「この一剣は、渋谷重兼様が倅に贈られた薩摩拵えにございます」

と家斉に差し出した。

「ほう、薩摩の刀は拵えが違うと聞いていたが、柄が長いな。鍔も小さい」

と手にとって波平をしげしげと眺める家斉に、

「空也はただ今上様拝領の修理亮盛光を携えて武者修行を続けております。それもこれも薩摩藩のご配慮の賜《たまもの》にございます」

と言うと、重豪に軽く頭を下げた。

「そうか、空也は予の下しおいた修理亮盛光を腰に武者修行を続けておるか」

「はい」

「空也の武者修行はまだ当分続きそうか」

「おそらくはあと数年」

「尚武館の跡継ぎゆえ、無事に江戸へ帰国させたいものじゃな」

この言葉を重豪に伝えるため、家斉はお忍びで尚武館を訪問したのであろう。それを企てたのは速水左近か、と重豪は察した。

「上様、武者修行に出た者が無事に身内のもとへ帰れる証《あかし》はございません。その

ことはわが倅坂崎空也がいちばん承知にございます。ただただ上様から拝領した修理亮盛光の名に恥じぬ修行をなし、武運拙《つたな》く路傍に斃れて身罷ったとしても、父親たるそれがしは倅の覚悟を受け止めるのみです」

磐音の言葉に家斉は頷いた。

「家康《いえやす》様が江戸に幕府を置かれて、およそ二百年の長きにわたる治世が続いておる。平時に武士が武芸をないがしろにする中、空也の決断はなかなかのものじゃな」

「勿体《もったい》なくも有難きお言葉にございます」

磐音は家斉に頭を深々と下げた。

「今頃空也はいずこの空の下におるかのう」

と家斉が呟いたのが、お忍びで尚武館を訪ねた最後の言葉になった。

家斉一行が尚武館を出て御城に戻ったあとも、重豪は坂崎家に残っていた。

磐音は、その重豪に、

「重豪様、本日お目にかかり、改めて倅の薩摩滞在につきまして感謝申し上げる次第にございます」

と深々と頭を下げた。

「うむ」

と受けた重豪が速水左近を見て、

「速水どの、そなたの真意、この重豪受け止めた」

と言った。

「重豪様、それがし、坂崎磐音どのがそなた様に礼を申し上げる場を設けたのはたしかにござれど、上様がお忍びで尚武館にお見えになったのは偶《たま》さかのことでございます」

速水は強いて言い、若い武術家の薬丸新蔵と坂崎空也が東郷示現流酒匂一派とこのまま、

「事を構え続ける」

ことが決してお互いのためにならぬことを、そして、そのことを家斉も承知していると重豪に告げたのだ。

「速水左近、なかなかの古狸よのう。この重豪に釘を刺しおったな」

「薩摩に釘を刺すなど滅相もない。この速水、考えたこともございません」

「上様とこの重豪が城中以外で対面する機会をだれが設けられるな」

と速水に言い放った重豪が、

「坂崎磐音、そのほうの倅空也が上様の拝領刀を薩摩の外に残して薩摩入りした覚悟、初めて知った。また身一つで薩摩入りした真意を、重豪、しかと察したわ」

と磐音に言った。そして、その視線が薩摩拵えの大和守波平に向けられた。

「若い武芸者の覚悟が薩摩入りを助け、己の命を救うたと、重豪様、思われませぬか」

速水の言葉に重豪はしばし沈黙で答えた。

「重豪様、それがし、空也の親として、薩摩藩島津家をはじめ、西国諸国の大名家に感謝申し上げるばかりにございます。このこと、坂崎磐音、生涯決して忘れはいたしませぬ」

重豪の沈黙に代わって応えた磐音の言葉に、重豪が静かに頷き、

「坂崎家と薩摩に新たなる縁が生じたことはたしかじゃな」

と言外に渋谷家と坂崎家の交流を承知していることを告げ、

「坂崎、時にわが隠居所に訪ねて参れ」

との言葉を残して立ち上がった。

四

南蛮文化が渡来し、キリスト教布教の拠点であった平戸藩は、松浦党の流れを汲む平戸松浦氏が徳川幕府開闢《かいびゃく》より明治維新《めいじいしん》まで一貫して支配した六万千七百石の藩であった。

松浦家の居城は、慶長四年（一五九九）に築城を開始し、亀岡《かめおか》城、あるいは朝《あさ》日嶽《ひだけ》城、平戸城と呼ばれる城だ。この城を初代藩主松浦鎮信《しげのぶ》は自らの手で焼き払った。

豊臣秀吉に仕えた松浦氏が家康に対し、「二心《ふたごころ》なし」を示すための示唆とも言われたが、あるいは鎮信に別の意図があってのことか、真相は分からずじまいである。以来、平戸藩は陣屋のごとき建物を「城」としてきた。

かつて南蛮人フランシスコ・ザビエルらカソリコの宣教師が渡来した時代、平戸には阿蘭陀《オランダ》、イスパニア、イギリスなどの交易船が姿を見せ、各国の商館が置かれて隆盛を極めた。

だが、徳川幕府成立後、寛永《かんえい》十八年（一六四一）に阿蘭陀商館が平戸より長崎の出島に移り、平戸の南蛮文化は終わりを告げた。

平戸島の周囲はおよそ五十一里余（二百三・五キロ）であった。

だが、福江藩や対馬藩とは異なり、九州本土の北西端にある田平《たびら》とは、わずか五丁（五百五十メートル）ほどしか離れていなかった。

これは船中で白衣の平吉に聞かされて、空也が知ったことだった。

白衣の平吉が航海中にあれこれと話す肥前の島々の中で、なぜか平戸島が気にかかったのだ。それは松浦氏が一貫してこの平戸を守り抜き、ある時期には異国の阿蘭陀、イスパニア、イギリスと交易があった島の、

「現在《いま》」

を見てみたいと思ったのだ。

「白衣の平吉どの、平戸には剣術道場はございませんか」

ばたばたと夜風にはためく帆をしばし見ていた平吉が、

「松浦一族の結束は強かたい。この結束の強さの背後にくさ、南蛮平戸流《なんばんひらど》なる剣術が密かに伝わっていると、この界隈の漁師に聞いたことがあると。ばってん、そいがほんとにあるかどうか、わしゃ、知らん」

と言った。

「どこに行けば、その流儀と出会えるか、分かりましょうか」

「興国山正宗寺《しょうじゅうじ》やろな」

「また、なぜ寺が剣術の南蛮平戸流と関わりがあるのでございますか」

平吉は沈黙していたが、

「平戸藩は切支丹と関わりが深かった土地たい。最前も名を出したが、松浦氏の名君と呼ばれた初代鎮信様は、知勇兼備の明敏な武将じゃったと」

「平戸の城を焼いたという殿様ですね」

「おお、覚えとったな、そのお方たい。こんお方はたい、切支丹大名じゃなかろうかと幕府に疑われたことがあると」

「その折り、折角築城した城を焼いたのですか」

空也は思い付きを質してみた。

「とも言われとるばってん、わしゃ、真偽は知らんと。江戸の東海寺《とうかいじ》の江月和尚《こうげつおしょう》が幕府に『平戸の松浦一族は切支丹かどうか確かめてこよ』と命じられてやって来たとたい。江月和尚は、四代藩主で、初代藩主と同じお名前の鎮信様に会うてくさ、先代藩主隆信《たかのぶ》様の菩提《ぼだい》を弔《とむら》う寺を建立するよう勧め、江月和尚が江戸に戻り、幕府に『松浦氏は切支丹に非《あら》じと伝える』と忠言したげな。そこで鎮信様が、江月和尚の命に応じて建立したとが、興国山正宗寺たい」

と答えて寺名の字を空也に告げた。

寺名はまさに、

「国を興し、正しき宗教を布教する寺」

と読めた。つまりは切支丹信仰ではないとの主張をしていた。

夜明け前、空也は平戸の湊に上陸した。

薄暗い中、平戸城下を歩き、湊からさほど遠くない場所に興国山正宗寺を見つけた。

石柱二つが山門代わりのようだった。

本堂に進んだ空也は瞑目《めいもく》して合掌した。

どれほどの時が流れたか。

だれかに見られている気がして静かに目を開くと、本堂の中からひとりの僧侶が空也を見ていた。朝の読経《どきよう》を終えたばかりと思えた。その体からは、染みついた酒の臭いが漂ってきた。よほど酒好きと思えた。

「旅のお人かな」

「はい。三代藩主松浦隆信様のお墓があると聞いて参りました」

「本堂の右手奥に向東宗陽正宗院様の墓所がありますと」

　向東宗陽正宗院とは隆信の戒名《かいみょう》だった。

　一礼した空也が本堂の横手に回ると、竹林を背景に数多の墓石を従えて、立派な墓石が立っていた。それが松浦隆信の墓だった。

　空也は一礼して墓石の前に立ち、瞑目し合掌した。胸の中で、

「南無《なむ》大師遍照金剛《だいしへんじようこんごう》」

と幼き折りに覚えた御宝号《ごほうごう》をひたすら唱えた。

（なにやつか）

　空也の胸に遠い彼方から声が響いた。

（武者修行の者にございます）

（平戸にそなたが修行したき剣術があるか）

（さるお方に、南蛮平戸流なる剣術が伝わっているとお聞きいたしました）

（空海《くうかい》様の御宝号をわしの墓前で唱えおったな）

　墓の主、三代目藩主と思える松浦隆信、向東宗陽正宗院が質した。

（こちらがどのような宗派か存じませせぬ。ゆえにそれがし、生まれ育った地で覚えた御宝号を唱えました。ご不快ならばお許しください）

相手は答えない。

空也は、高野山《こうやさん》中の内八葉外八葉《ないのはちようげのはちよう》で生まれ育ったことを告げた。

（父は剣術家か）

はい、胸の中で答えた空也に、呟きが洩れた。

（じい様め、家康公に中途半端に逆らいおったわ）

（どういうことでございましょう）

（徳川の治世下で生き抜くにはすべてを捨てねばならなかった。にもかかわらず）

と声の主が言葉を切った。

（初代の鎮信様は切支丹信仰をお捨てになったと聞き及びました）

（松浦一族は宗も捨てた、誇りも失った、商も長崎に奪われた。そこで四代目の鎮信は南蛮平戸流なる剣術を編み出し、秘《ひそ》かに代々伝えていった。じゃが、今や剣術などなんの役に立つな）

最後は空也への問いと思えた。

（分かりませせぬ。ゆえに剣術修行をなしております）

（妙な若い衆よのう）

と言った隆信が、

（南蛮平戸流を知りたければ、じい様が造り、自ら燃やした城跡を夜中に訪ねてみよ）

と告げ、気配が消えた。

空也は本堂に戻ると、城下にて安い旅籠《はたご》を知らないかと和尚に尋ねてみた。

「そなたは松浦氏の関わりの者かな」

「いえ、武者修行の者にございます」

「このご時世に武者修行をなさる武士《もののふ》がおられるか。この界隈には大砲を無数に積んだ異国の大きな帆船が姿を見せますと」

和尚は空也に関心を持ったか、そう言った。

「異国船の話はあちらこちらで聞かされました。そのような異国でも剣術は伝えられているかと存じます」

しばし空也を見ていた和尚が、

「歳はいくつかな」

「十九にございます。十六の夏に旅に出ました」

「十六で武者修行に出たと言いなるな。さぞや苦労難儀を重ねてこられたと違うやろか」

空也はしばし思い返し、首を横に振った。

「難儀と思うたこともございましたが、ただ今思い返せば楽しい記憶でございます」

空也の答えに和尚が、

「うちで朝餉《あさげ》を食さぬか」

と誘ってくれた。

空也は合掌して受けた。

朝餉のあと、空也は正宗寺の境内《けいだい》の内外を掃除して過ごした。その様子を見ていた和尚の昌郭《しょうかく》が、

「この地が武者修行になるなら、しばらく寺にいない。寺には見てのとおりわし独りしかおらん」

と言った。

「有難いお申し出にございます。されど庭などで木刀を振り回して迷惑になりませぬか」

「正宗院様や家臣方の命日以外、お参りに来る人などおらんと。庫裡《くり》のかたわらの宿坊に修行僧が寝泊まりしていたこともあったが、この数年はだれもおらん。愚僧が酒ばかり飲んでおるもんでな、呆れたとやろ」

と笑った。

「平戸藩の当代はどなた様にございますか」

「十六で九代目藩主に就かれた壱岐守清《いきのかみきよし》様が藩政改革に尽力しておられると」

「平戸藩も財政は楽ではございませんか」

「十六のとき、清様はまず人事を刷新する『訓戒十条』を発布され、のちに財政再建の『国用法典』や、民百姓と漁師には『仕置帳』を示されて、殖産・新田開発をなされたお方たい。おお、そうたい。殿様はな、藩校の維新館《いしんかん》を創られ、文武の普及に努められたと。自らは心形刀流《しんぎょうとう》の達人じゃと」

「当代様はおいくつでございますか」

「三十九であったか、いや、四十になられたか、そんな齢たい」

酒に酔っていた和尚は平戸藩藩主の歳を曖昧にしか覚えていなかった。

藩主が心形刀流をこなすとなると、南蛮平戸流はどのような立場にあるのか。

空也に関心が湧《わ》いた。

そのようなわけで正宗寺に厄介になることになった。

掃除を終えた空也は、数年前まで修行僧が暮らしていたという宿坊の夜具を日に干し、そのかたわらで、

「朝に三千、夕べに八千」

の続け打ちを繰り返した。

一汁一菜に麦飯の夕餉を終えた空也は酒を飲み続ける昌郭和尚に断り、宿坊で仮眠をとった。

二刻（四時間）ほど眠った空也は、大小に木刀を携え、和尚に聞いた湊に近い北虎口門《きたこぐちもん》の狸櫓《たぬきやぐら》へ月明かりを頼りに向かった。

焼失したかつての平戸城の中でわずかに昔の面影を留めるのがこの狸櫓だ。手入れがなされないため崩れかけた石垣の上に、これまた壊れた土塀が続き、その向こうから人の弾む息が聞こえてきた。気合い声はない。ただ刃を、

ガチンガチン

と打ち合う音だけが聞こえてきた。

やはり平戸には、白衣の平吉が言ったように、南蛮平戸流の稽古を積む人々がいた。

　空也は狸櫓の前で一礼し、石段を上って北虎口門内に入った。すると濃紺の稽古着を着た十数人の面々が南蛮の剣を片手に持ち、激しく打ち合っていた。

　その南蛮剣は刃引きをした両刃の剣で、刃と刃が打ち合わされると火花が飛んだ。

　マイヤー・ラインハルトが使っていたしなりのある剣ではなく、剛直な刃の剣で、片手で遣うには腕力が要った。

　空也はしばらく無言の稽古を見ていた。

　すると空也に気付いたひとりが動きを止めると、他の仲間たちも稽古をやめた。

　空也は一礼し、

「稽古の邪魔をいたし、お詫び申します。それがし、西国を武者修行している者にございます。よろしければ稽古に加えていただけませぬか」

　と願った。

　しばし無言の睨みが続いたが、十数人の頭と思しき者が剣を空也に投げてよこした。片手で受け止めた空也は、この剣を使えばいいのかと考え、腰の大小を抜き、木刀と一緒にして狸櫓の下に立てかけた。

　ずしりと重い剣だった。

それだけに刃長は二尺と短い。鍔は頑丈な横長の形をしていた。剣を立てると切支丹の十字架に見えた。

空也はその十字剣を右手一本で振ってみた。慣れれば片手で振り回せないこともない。その様子を見た頭分が空也の前に立った。稽古をつけるというのだろう。

空也は一礼し、十字剣を構えた。

頭分の剣がいきなり上段から振り下ろされた。空也は振り下ろされた剣を、自らの剣で相手の力を逃すようにして弾いた。それでも、

ずしり

と重い手応えが手首と腕にきた。

野太刀流の続け打ちを稽古してきた空也ゆえ、武人の本能と勘で弾くことができた。

刃と刃が打ち合わされて火花が散った。

続けざまに相手の刃が襲い来た。

空也は片手で使う十字剣には上段からの振り下ろしに加えて、時折り横手からの胴斬りがあることを見てとっていた。

空也は相手の腕の動きを見て、力を削《そ》ぎながら弾き返す動作を丹念に続けた。

一太刀でも弾き返すのが遅れれば、重い刃の餌食になることは分かっていた。

どれほど十字剣の打ち合いを、いや、弾き返しを続けたか。南蛮平戸流の実戦稽古を続けていた者たちがいつしか一人ふたりと消え、空也の相手をしていた頭分が、
すいっ
と剣を引いた。

わずかに東の空が白み始めていた。

「ご指導有難うございました」

と礼を述べた空也は十字剣を返した。そして、その剣を受け取った相手に、

「明晩も参ります」

と稽古を続けることを宣告した。

だが、相手はなにも答えない。それが承諾の返事とみた空也が狸櫓の下に置いた大小と木刀を摑んで振り返ったときには、もはや稽古をした武人の姿は掻き消えていた。

空也はその日、平戸城下を見物して回った。

南蛮文化が栄えた時代から長い歳月が過ぎていた。だが、そこかしこに異国情緒を思わせる建物の壁の一部などが残っていた。平戸湊には異人が造ったと思える石橋や阿蘭陀坂と呼ばれる石畳の坂道があった。

空也は異人たちのいた時代を想像しながら、平戸城下をそぞろ歩いていた。

ふと監視する、

「眼」

を空也は意識した。

武者修行に出て、幾たびとなく感じてきた「眼」だが、こたびの「眼」が敵意のあるものかどうか分からなかった。

空也は不意に平戸藩の藩士と思える者たちに囲まれていた。

「武者修行と聞いたが、しかとさようか」

平戸藩家臣、町奉行の支配下と思しき身形《みなり》と口調だった。

「それがし、坂崎空也と申す武者修行の者にございます」

「国はどこか」

「両親は江戸におります」

「江戸から平戸まで武者修行に来たというか」

「父は豊後のさる藩の家臣にございました。ゆえにそれがし、祖母のいる城下より武者修行の旅に出ました」

「父御は豊後のさる藩の家臣であったとな。で、ただ今江戸でなにをしておられる」

役人の言葉遣いには、なにやら思い当たる節がある気配だった。

「直心影流の道場を営んでおります」

「うっ」

と役人が呻いて、

「もしや先の西の丸徳川家基様の剣術指南を務められた坂崎磐音どのが父御か」

空也の返答には間があった。そして、返事をした。

「はい、父はいかにも坂崎磐音にございます」

「そなたは坂崎どのの嫡男かな」

役人は念押しした。

「はい」

と頷いた空也に、

「坂崎どの、われらと同道してくれぬか」

と最前より柔らかな言葉遣いで空也を誘った。なんとなく行き先を察した空也は首肯して誘いに応じた。

第五章　高麗剣法

一

重富霧子《しげとみきりこ》は、江戸藩邸内の屋敷玄関から、

「いってらっしゃいませ」

と主の利次郎を送り出した。

藩主福坂俊次に従い、利次郎が登城するためだ。

大きな背が視界から消えたとき、霧子は胸にむかつきを覚えた。このような感覚は初めてだ。座敷に戻り、初めて経験する体の異変に、

（もしかして）

と思った。

高野山姥捨《うばすて》の郷《さと》で下忍《しのび》雑賀衆《さいかしゅう》に育てられた霧子には両親の記憶がない。その霧子が土佐《とさ》藩士の次男坊の重富利次郎と所帯を持つことになった。

利次郎は、直心影流佐々木道場、ただ今の尚武館道場に入門し、時を同じくして入門した松平辰平とともに技と力を競い合い、両人は「尚武館の関羽と張飛」となぞらえられるほどの技量に達していた。その結果、磐音の口添えもあって、豊後関前藩に仕官することができた。

親の顔も知らない霧子であったが、大名家の家臣の女房として平穏な暮らしを送ることになった。

霧子には利次郎の妻としての表の顔のほか、尚武館道場の密偵方を務める裏の顔があった。

豊後関前藩江戸藩邸で霧子の裏の顔を知る者は、ほとんどいなかった。

いや、藩主福坂俊次は、かつて尚武館の門弟だったゆえ、漠然とながら霧子の役割を承知していた。だが、それを家臣の前で口にすることはなかった。ゆえに江戸藩邸の大半の藩士が霧子の実家は、

「尚武館道場」

と勘違いしていた。

霧子は重富家に仕える女中しづに、

「旦那様の御用で神保小路の尚武館に参ります」

と告げて外出の仕度をなした。

尚武館では朝稽古が続いていた。

霧子は道場の前を通り過ぎ、母屋に向かった。すると霧子の父親を自認し、霧子の密偵の師でもある弥助《やすけ》が小梅村から坂崎家を訪れていて、おこんと談笑していた。

「おや、霧子さん、本日、利次郎さんは殿様の登城に従うておられますか」

「はい」

と答えた霧子の顔に、おこんは戸惑いの表情を認めた。

「霧子、どうした。なんぞ藩邸で事が起こったか」

おこんに代わって尋ねたのは弥助だ。

「いえ、藩邸にはなにも」

「ならば利次郎どのに」

と問いを続ける弥助をおこんが笑顔で制した。

「どうなされました、おこん様」

おこんは霧子の表情から何かを察したようだ。

「弥助様、お喜びなさいませ」

「喜びとは、またどうしたことで」

弥助が首を傾げ、おこんが霧子に視線を移して質した。

「霧子さん、懐妊なさいましたか」

「初めて胸のむかつきを覚えましたゆえ、おこん様にお尋ねしようと参りました」

「おおー」

弥助が喜びの声を発した。

「でかしたぞ、霧子」

「師匠、未だ決まったわけではございません」

ふっふっふ、と微笑んだおこんが、

「桂川先生の診療所で診てもらいましょう。弥助様は小梅村に戻るのをそれまでお待ちください」

おこんが弥助を引き留めた。

神保小路からは、駒井小路《こまいこうじ》にある桂川甫周国瑞の診療所を兼ねた屋敷は指呼《しこ》の間《かん》だ。

「おこん様、もう少し様子を見てはなりませんか」

「いえ、こういうことは早いほうがようございます。なにより『餅は餅屋』ですよ。御典医の桂川先生を餅屋に譬《たと》えて失礼かと存じますが」

そう言い置くと、急ぎ外出の仕度をなした。

留守番を願われた睦月は、おこんと霧子を見送り、

「母上ったら、急に霧子さんと出かけるなんてどうしたのかしら。本日は辰之助様のお相手とその父上様が初めてうちに挨拶に見えると言っていたのに」

と独り言を言いながら小首を傾げ、

「また母上のお節介が始まったのね」

と推測した。

弥助は尚武館の門から出ていくふたりの女を見送り、

にやり

と笑った。すると門番の鹿次郎《しかじろう》が上州訛《じょうしゅうなま》りで、

「弥助さん、どうすたか」

と尋ねたものだ。

「鹿次郎さん、たいした話じゃねえよ」

と応じたものの、弥助は抑《おさ》えきれない嬉しさにほころんだ顔で道場に向かった。

朝稽古も終わりに近付き、住み込み門弟を中心に激しい稽古が繰り返されていた。


磐音は師範代の神原辰之助に稽古をつけていた。

辰之助はいつも以上に張り切って師に挑みかかっていた。そんな辰之助の張り切りぶりを磐音が、
そよりそより
と躱《かわ》していた。

辰之助は、丹波園部《たんばそのべ》藩小出信濃守《こいでしなののかみ》の用人川原田重持《かわはらだしげもち》の息女美祢《みね》との婚姻がこの春の吉日に決まっていた。ために辰之助は、張り切らざるをえない。だが、磐音の懐にどうしても入り込めず攻めあぐねていた。

「辰之助さん、どげんしたとな」

弥助が小田平助の言葉を真似て声をかけた。

「ふうっ」

と弾む息を鎮めた辰之助が体勢を立て直し、正面から打ちかかった。それに対

して磬音が初めて攻めで応じて、激しい打ち合いが一頻《ひとしき》り続いた。そして、間合いを見た磬音が、

すいっ

と木刀を引いた。

辰之助も木刀を引いて、

「ご指導有難うございました」

と師に礼を述べた。

「一段と粘り強くなりましたな」

磬音が辰之助の攻めを褒《ほ》めた。

「有難うございます」

「若い門弟衆の面倒を見ていたお蔭で、辰之助どのの攻めに深みが出ました」

「は、はい」

と応える辰之助から磬音は、道場の隅で見物していた弥助に視線を移した。

「稽古の最中、声などかけて失礼をいたしました」

「辰之助どのを鼓舞なされましたかな」

磬音の問いは穏やかだった。

「いえ、いささかほかに曰くがございまして、つい我を忘れました」

「弥助どのにしては珍しゅうございますな」

「は、はい」

「最前、霧子が参ったようですが、そのことと関わりがありそうな」

と磐音が呟いた。だが、その呟きは弥助に答えを求めてのことではなさそうな口ぶりだった。

「先生にはのちほど霧子から報告がございましょう」

と答えた弥助が、

「辰之助さんは祝言《しゅうげん》が近付いて参りましたな。おめでとうございます」

と話柄を転じた。

「有難うございます。それゆえそれがしに励ましの言葉をかけられましたか」

「まあ、そんなところです」

朝稽古は終わりに近付いていた。

「磐音先生、本日、川原田美祢様が母屋に挨拶に見えます」

辰之助が言った。

「そのようにおこんより聞いており申す」

磐音が答え、

「辰之助どの、汗くさい稽古着で花嫁になる女性《にょしょう》や父御を迎えてはなりません。母屋の湯殿でさっぱりなされよ。それがしと一緒に湯に浸かりましょうか」

と誘った。

そのようなわけで磐音と弥助、それに辰之助の三人が、尚武館道場から庭を抜けて母屋に向かった。そこへ折りよくおこんと霧子が戻ってきた。

「おこん様、霧子はどうでしたか。桂川先生の診立《みた》ては」

弥助が報告を待ちきれずに問うた。

「桂川先生はお城に上がられておりましたが、一番弟子の荒下田《あらしもだ》一平《いっぺい》先生が診られて、間違いないそうです。今年じゅうに弥助さんは爺様におなりです」

「でかした、霧子」

と弥助が褒めた。

「なんと、これは目出度《めでた》い。おこん、霧子、このことを利次郎どのは承知か」

磐音が尋ねた。

「本日、殿様の登城に従っておられます。ゆえに未だ」

「ならば、霧子、早々に屋敷に戻り、利次郎どのにそなたの口から報告せよ」

と磐音が命じて、弥助が、

「辰之助さんの張り切りぶりを茶化すどころではございませんな。爺が張り切りすぎました」

と申し訳なさそうな顔をした。

「本日は霧子の懐妊、辰之助どのの嫁になられる川原田美祢様の来訪と、わが家に二つ慶事が重なったな」

磐音の言葉に弥助がまた顔をほころばせた。

神原辰之助は、松平辰平、重富利次郎よりも数年早く尚武館道場に入門した。入門こそ辰之助よりも遅かったが、技量に勝る年長のふたりに鍛えられて育ち、「関羽と張飛」がそれぞれ筑前福岡藩、豊後関前藩の家臣として尚武館修行を「卒業」したのち、両人の役目を引き継ぐかたちで、住み込み門弟たちの兄貴分として、道場主坂崎磐音を助けてきた。

寄合神原主計《よりあいかんばらかずえ》の嫡男として生まれながら、異母兄である成繁《なりしげ》にあっさり嫡子の座を譲り、剣術修行に専念してきた辰之助に、丹波園部藩の江戸藩邸定府《じょうふ》の用人川原田重持のひとり娘美祢との婚姻が整った。

すでに川原田と神原両家の対面は済んでいた。

川原田重持は、佐々木玲圓が道場主であった時代に門弟であった。だが、園部藩の用人に出世し、江戸藩邸の御用が多忙になったために、いったん道場通いから遠ざかっていた。それが四年前より、再興された尚武館に再び稽古に通い始め、成長した辰之助を見て、娘美祢の婿《むこ》にどうかと磐音に相談したのだ。

その結果、辰之助が園部藩江戸藩邸内の川原田家を訪ねて美祢と会い、互いが認め合って辰之助の川原田家婿入りが決まったのだ。また舅の川原田重持が数年後に隠居し、川原田家とその職を辰之助が引き継ぐことを前提にしての婿入りであり、園部藩もそのことを暗黙のうちに認めていた。

ゆえに辰之助は当分、重持のもとで用人の藩務を覚えながら尚武館道場に通い、磐音を助けて師範代を務めることになっていた。

そのようなわけで本日川原田重持と美祢が坂崎家に挨拶に訪れることになっていた。

昼下がりの八つの刻限、辰之助はおこんが見立てた春らしい装いに身を包んで、坂崎家の門前で川原田親子の到来を待ち受けていた。

園部藩の江戸藩邸は、神保小路尚武館から西に三丁ほど離れた雉子橋《きじばし》の外にあったから近かった。

辰之助の緊張した様子を、若い住み込み門弟たちが尚武館門前からちらりちらりと見て、

「神原師範代じゃが、道場におられるときより緊張しておらんか」

「なんだか動きがこちこちでぎこちないぞ。ただ今ならば一本くらい取れそうだ」

などと言い合うのを尚武館の飼い犬シロとヤマが訝しげに見ていた。

「シロ、ヤマ、おまえらは呑気でよいな。部屋住みの苦労など無縁じゃからな」

旗本の三男坊の金原与之助《かねはらよのすけ》が羨ましそうに二匹の犬に話しかけたところに、佐々木道場時代の住み込み師範、旧姓本多《ほんだ》、ただ今では依田《よだ》と姓を変えた鐘四郎《かねしろう》が尚武館を訪ねてきて、

「そのほうら、道場の門前でなにをしておる」

と奇妙な行動を注意するように尋ねた。

「ああ、これは依田様。いえ、師範代神原様の嫁になられるお方が本日お見えになるのでございます」

「おお、川原田様の息女じゃそうな。めでたい話ではないか。そなたらもしっか

りと稽古を積んで、どこぞに婿入りできるようせいぜい研鑽《けんさん》せよ」

と婿入りの大先輩が忠言した。

尚武館の住み込み門弟たちは、大半が直参旗本の次男、三男坊だ。

寛政の時代ともなると、そう容易に仕官の口など見つからなかった。そこで住み込み門弟たちは、依田鐘四郎や神原辰之助のように、嫡子のいない武家方に婿入りすることを夢に描いていた。それが叶わないとなると、生涯部屋住みの身分に甘んじなければならないのだ。いや、与之助らが知らぬことがあった。辰之助が大身《たいしん》旗本寄合神原家の嫡男として生まれたことをだ。その嫡男が異母兄の存在を知り、跡継ぎを譲った経緯をだ。

「依田様、ひとり娘の屋敷に婿入りするコツがございましょうか。あるならばお教えくだされ」

と与之助が尋ね、

「与之助、さようなコツはない。そなたらは剣術が好きで尚武館に入門したのであろう。さような邪念はしばらく頭から追い出し、剣術修行にひたすら打ち込め。さすれば神原辰之助のように運が向いてくるやもしれぬ。ただし、与之助のようにさような魂胆が顔に出るようでは、僥倖《ぎょうこう》には巡り会えまい」

ます」

と大先輩が言い放った。

「相分かりました。それがし、禅寺で修行する僧の如く、無心に剣術に向き合います」

「それがよい」

鐘四郎が道場に入ったため、門前で屯《たむろ》していた住み込み門弟衆も道場に戻った。

その直後、尚武館の前を川原田親子が通り過ぎようとして、美祢が、

「父上、辰之助様は道場のお長屋に住まいながら、剣術修行に明け暮れておられたのですね」

とシロとヤマが番犬の務めを果たす尚武館を眺めた。

「よう頑張ったものよ。あとで辰之助どのに道場を案内してもらうがいい。江戸一の道場だ。まあ数年は、藩務と尚武館の師範代との掛け持ちになろうな」

「かように近くにこのような剣道場があろうとは存じませんでした」

と父に応える美祢に、

「ようこそおいでになられました、川原田様、美祢様」

と道場の門内から辰之助が声をかけ、親子が坂崎家の門前へと向かった。

「坂崎先生はおられるな」

「先生もおこん様もお待ちでございます」

と緊張した声音で答えた辰之助が美祢に、

「美祢様、徒歩で参られましたか。お疲れではございませんか」

と尋ねた。

「辰之助様、雉子橋《きじばし》からはわずか数丁しかございません。神保小路とはすぐです。疲れようもございません」

辰之助の頓珍漢《とんちんかん》な問いに笑みの顔で応じた。辰之助は美祢と初めて会った時、このために寄合神原家の跡継ぎを異母兄成繁に譲ったのだと確信した。

「おお、そうでした。うっかりしておりました」

辰之助は緊張で粗忽《そこつ》な言辞を吐き、顔を真っ赤にしながら、

「こちらでございます」

と坂崎家へと案内していった。

坂崎家と尚武館の間には庭が広がり、その向こうから与之助らが稽古をする音が伝わってきた。

「辰之助様は尚武館で何年も修行を続けられたのでございますね」

「長いようでもあり、一瞬のようでもありました」

坂崎家の式台におこんが姿を見せ、川原田親子と辰之助の三人を見て、

（辰之助さんと美祢様はきっとうまくいくわ）

と思いながら、

「お客様をいつまで外にお待たせしておられるのです、辰之助さん」

と声をかけた。

この日、坂崎家で一刻（二時間）ほど談笑した辰之助と川原田親子は、おこんのもてなし上手もあって、すっかり寛《くつろ》いでいた。そして、辰之助は美祢を尚武館道場に案内し、親子を園部藩江戸藩邸まで送っていった。

「おまえ様、また新たな夫婦が誕生いたしますね」

坂崎家ではおこんが磐音に話しかけた。

「辰平どの、利次郎どのに続いて、辰之助どののまで巣立っていくか」

磐音の言葉を聞きながらおこんは、なんとなく中川英次郎と睦月のことを考えていた。

二

坂崎空也は、平戸城内にある講武演技場に連れていかれた。

「しばしお待ちくだされ」

と丁重な言葉をかけると、散策中だった空也を平戸城に案内した藩士たちが道場から姿を消した。

空也は道場の神棚に拝礼すると、道場の床で右の足を左ももに乗せる吉祥坐《きっしょうざ》をして瞑目した。

時がゆるゆると流れていく。

どれほど時が流れたか、大勢の人の気配があり、道場の壁沿いに座した気配がした。だが、空也は目を開かなかった。しばし間があって見所に何人かが座した。

「待たせたのう」

自信に満ちた声に空也は両眼を開き、吉祥坐を解くと正座して、見所上段の人物に一礼した。

空也はこの人物が九代目藩主松浦清と確信した。

清は、平戸藩最大の藩政改革、「寛政の改革」を断行し、江戸藩邸、国許双方の財政を全面的に改めた人物だ。

平戸藩四代目鎮信時代に十万石体制を確立したが、その後、藩政は窮乏に陥っていた。そこで清は平戸藩十万石体制の財政規模の基として、年貢米を改めるなど大胆な改革を行った。

寛政七年（一七九五）に清は朱印高六万千七百石、切米総高十万石を確立した。わずか三年前のことだ。

藩財政改革の立役者松浦清は、宝暦十年（一七六〇）一月二十日の生まれゆえ、空也が対面したとき、三十九歳であった。前藩主誠信《さねのぶ》が安永四年（一七七五）に隠居し、清が襲封《しゅうほう》して二十四年目、働き盛りであった。また「寛政の改革」を成功させた自信にも満ちていた。

「坂崎空也にございます」

「父御は夭逝《ようせい》なされた西の丸徳川家基様の剣術指南を務められた直心影流坂崎磐音どのか」

「はい」

と答えた空也が反問した。

「殿様は父を承知でございますか」

松浦清が父の名を出した以上、こちらから質問してもよかろうと判断したのだ。

「二十年余前の在府の折り、神保小路佐々木道場を訪れたことがある。また、つい二年前、再興なった尚武館道場を見物に参った。ゆえにそなたの父御とは面識がある」

と清が答えて、さらに語を継いだ。

「武者修行の途次じゃそうな。ようわが平戸藩に立ち寄ってくれたな」

「ご丁重なるお言葉、坂崎空也、恐悦至極に存じます」

松浦清と空也の会話を大勢の藩士たちが無言裡《むごんり》に傾聴していた。広い講武演技場にふたりしかいないかのような静粛ぶりであった。

「空也、そなた、薩摩に追われておるのか」

と清がいきなり話を転じた。

「殿様、薩摩には追われておりませぬ。いささか事情がございまして、東郷示現流の筆頭師範酒匂兵衛入道様一派の門弟衆に追われているのはたしかにございます」

清が空也の言葉に頷いた。

すべてを承知で質している様子に見えた。

「空也、そなた、薩摩に入国いたしたな」

「はい」

と答えた空也は訊き返した。

「殿様、一介の武者修行者の行動にご関心がございますか」

松浦清が忍び笑いを洩らした。

「九国のなかでも薩摩は格別なる雄藩じゃぞ。その薩摩の者どもがわが平戸に入り込み、そなたのことを直に問い合わせたのだ。ゆえにわが藩でもあれこれと調べをなした」

「心ならずもご面倒をおかけいたしました。即刻退散いたします」

「坂崎空也、勘違いをするでない。薩摩は雄藩といえども、平戸藩は薩摩の臣下ではないわ。そのほうが望むならば、平戸にて稽古を積んで参れ。わが領地内では東郷示現流の酒匂一派などに指一本触れさせぬ」

松浦清が言い切った。

空也は朝鮮人の李智幹老師に追われていることは告げなかった。平戸藩にとっては朝鮮より薩摩藩の鼻を明かすことのほうが大きな関心事だと推量した。

「有難き思し召しにございます」

「そなたの父御より『剣者の挨拶は木刀を手になす』と聞かされたわ。どうじゃ、空也、わが講武演技場で稽古をいたさぬか」

「これ以上のもてなしはございませぬ」

　空也は一礼し、いったん壁際に下がって木刀一本を手に、ふたたび道場の中央に戻った。すると向かい側に十人の藩士たちが座していた。

「空也、わが藩は、心形刀流を学ぶ者が多い。そのほか、一刀流《いっとう》、円明流《えんめい》、新陰流《しんかげ》、そして、そなたが父御から習うたであろう直心影流を修行した者もわずかじゃがおる」

　空也は、松浦清が心形刀流の達人と正宗寺の和尚より聞いていた。剣術にはとりわけ熱心な藩に思えた。

「講武演技場の場頭《ばがしら》佐野上丈吉郎《さのうえじょうきちろう》、審判を務めよ」

　と清自ら命じた。

　見所下にいた白髪頭の老人が、

「畏まりました」

　と藩主の命に従うと、

「一番手、心形刀流柳原晃光《やなぎはらあきみつ》」

　と刺し子の稽古着の藩士を指名した。五体がしっかりとした二十六、七歳の藩士であった。

「坂崎空也どの、こちらへ」

と両者を呼び寄せ、

「勝負は一本、それがしの審判に従うてもらう」

と忠言した。

ふたりは畏まって間合いをとった。

心形刀流の祖は、伊庭是水軒秀明《いばぜすいけんひであき》である。生まれは信州《しんしゅう》と伝えられ、初めは柳生流《やぎゅう》、本心刀流《ほんしんとう》を修行し、天和《てんな》元年（一六八一）に皆伝を受け、翌天和二年、心形刀流と流儀名を変えて教え始めた。

この流派は「本心」を練ることを第一義とした。

対戦者に向かったとき、討ち果たそうというのは血気であって、実の心とは異なる。相手が強ければ、どうしても心が怯《ひる》む。これが本心である。この本心を見極めて畏怖の心を忘れ、練磨することによって堅固の意が生じ、勝ちの理《ことわり》が分かり、この理が分かれば勝ちにつながると説《と》く。

両人の対峙を見物する松浦清は、この流派の実践者であり、研究者だ。

一番手の柳原晃光も空也も相正眼に構えた。

柳原の構えは剛、空也のそれは柔と対照的だった。お互いが木刀を構え合った瞬間、柳原の五体が固まったかに見えた。

「おや、柳原、どうした」

とその場のだれもが訝しく思った。

「いつも以上に落ち着いておるわ」

と見た藩士たちもいた。だが、いつもは相手を見切って攻めに徹する柳原が塑《そ》像《ぞう》のように固まったままだ。

場頭の佐野上が両者に向かって、

「勝負」

と異例の掛け声をかけた。

柳原の息遣いが荒くなった。

一方空也は、道場の気に溶け込むように立っている。

「どうした、柳原晃光」

佐野上が声をかけた。すると柳原が、対戦者の空也にとも審判の佐野上にともつかず一礼すると、木刀を引き、黙念とした表情で仲間が控える場に戻った。

仲間たちは、激しい打ち合いに消耗したかのような表情の柳原を迎えた。

「二番手、同じく心形刀流和泉《いずみ》吉左衛門《きちざえもん》」

訝しげな顔をした佐野上がそれでも二番手に声をかけた。

空也はいったん構えを解いて和泉が対峙する位置に来るのを待った。和泉は空也とほぼ同じ長身だ。胸板も厚く、手足も鍛え上げられていた。

「和泉、平静な気持ちで立ち合え」

審判の佐野上が和泉に注意を与え、

「畏まって候《そうろう》」

と応えると空也に一礼した。

和泉が木刀を正眼に構えるのを待って、空也も同じく中段に構えて互いに見合った。

その瞬間、前者の柳原と同じ現象が起きた。まるで蛇に睨まれた蛙のように身が竦んでいるのがその場の全員に見えた。

空也は相手が自然体に戻るのを静かに待った。

見所の松浦清は、これまで見たこともない現象に、

「なにが起こっておる」

とかたわらの老臣に思わず声をかけた。

その老臣は、審判を務める佐野上の先代の場頭であった笹村《ささむら》五郎左衛門《ごろうざえもん》だ。心

形刀流の練達の士であった。

「殿、分かりませぬ」

松浦清は、空也の構えを見た。

ごく自然に木刀を中段に構えて、対戦者の攻めを静かに待っているだけだ。

和泉の肩が不自然に上がり下がりしたかと思うと、不意に木刀を下ろし、空也に一礼して下がった。

松浦清は、畏怖の念に襲われて本心を見据えることを忘れておる、と観察した。

「三番手、一刀流草野《くさの》一太郎《いちたろう》」

こんどは佐野上が対戦者に選ばれた十人のうちでも一番老練な草野を指名した。

無言で頷いた草野が控えの場から立ち上がり、肩を上げ下げして体をほぐし、深呼吸をすると、悠然と空也の前に出ていき、

「お願い申す」

と言って木刀を腹前にほぼ水平に構えて、空也を見た。

その瞬間、明らかに草野の五体が硬直した。

空也は険しい顔付きで草野を睨んでいるわけではない。平静な表情で待ち受けているだけだ。

場内に静かなるざわめきが起こった。

「草野一太郎、なにをしておる」

審判の佐野上の声に、はっ、とした草野がきょろきょろと視線をさまよわせていたが、

「失礼いたしました」

と呟くと、その場で大きく二度三度息を吐き、吸った。そして、闘争心を取り戻して木刀を構え直したが、またも同じ現象が起こった。

「草野一太郎、どうしたな」

佐野上の問いに草野が、

「なにが起こっておるのか分かりませぬ」

と応えると、空也に一礼して自ら下がっていった。

佐野上が、

「四番手」

と呼びかけると松浦清が、

「佐野上、これ以上続けても意味がなかろう」

と止め、

「坂崎空也、そなた、手妻《てづま》でも使いおるか」

と質した。

空也は木刀を引いてその場に正座して松浦清に顔を向けた。

「妖《あや》しげな術など知りませぬ。お三方とも自らの考えに囚《とら》われて身動きがつかなくなっておられるとでも考えるほか、返答のしようがございませぬ」

「これでは稽古にもならぬな」

と言った松浦清が見所に立ち上がると、羽織を脱ぎ捨て、

「木刀を持て」

と小姓に命じた。

眼の前で起こった現象を自ら理解しようとしてか、あるいはそのような現象を吹き払おうとしてのことか、

「殿、それは」

と止めるべく老臣の笹村が声をかけたが、

「案ずるな。坂崎空也の父は幕府の官営道場ともいえる尚武館道場の主じゃぞ。その嫡子と立ち合うのだ」

と言い放った松浦清が、

「空也、そのほうから攻めてこよ」

と命じた。

空也は立ち上がると木刀を手に提げて、

「ご指導お願い申します」

と下位の者として挨拶をなした。

「おう」

と応える松浦清に向かって空也が、

「参ります」

と言いながらタイ捨流丸目種三郎が伝授した極意の一手、陽之目付の構えでゆるやかに松浦清に迫った。

その瞬間、松浦清は空也の攻めを弾いた。そのことで清の心身がほぐれたか、空也の攻めを受け止め、軽やかに動き出した。

「おおー」

というどよめきが道場内に起こった。

空也は初心、下《しも》の立場で攻めに徹した。むろん全力ではない。タイ捨流の会得者丸目種三郎の人柄を映した技で攻めていた。

上《かみ》の立場にある松浦清がなぜか後退を始めた。

家臣たちが驚きの声を嚙《か》み殺していた。

当の清は後退している意識はない。ふと気付くと羽目板まで押し込まれていた。

壁際に並んでいた家臣たちが、清の後退に左右に分かれて避けたからだ。

「うむ」

と訝しげな声を出した清が、

「いつの間に」

と思わず小さな声を洩らした。

空也はもとの位置に戻って清を待ち受けていた。

「さすがに、なかなかの攻めよのう」

と余裕の言葉を吐いた清が、

「こんどはそのほうを羽目板に押し付けようぞ」

と宣告して二度目の対戦となった。だが、再び同じことが起こった。

「なぜじゃ、いつの間にか予は後退しておるぞ」

講武演技場を重苦しい沈黙が支配した。

「殿様、もういちど最前の藩士方と稽古をさせてもろうてようございますか」

と空也が藩主の松浦清に願った。

「許す」

清が即答した。

空也は十人の前に対面するように座した。一礼した空也が、

「それがしは十九の初心の者にございます。十六で武者修行の旅に出ました。父の頸木《くびき》から脱し、初めて独り旅に出ました。日向国延岡城《のべおかじょう》の下を流れる五ヶ瀬川《ごせがわ》の流れで川漁師があゆの仕掛けと簗《やな》作業をしておりました。それがしのかたわらにひとりの遊行僧がおられ、旅の者同士、しばし会話を交わしました。遊行僧は三十七年余、風雨雪嵐《ふううせつらん》のもと修行を黙々と続けてこられたのです。それがしの先達者にございます。そのお方に『どちらに向かわれます』と訊かれ、それがしは『薩摩を目指します』と答えて名も知れぬ遊行僧と別れました。薩摩を目指すそれがしの背に遊行僧の無言の言葉が追いかけて胸に響きました。『捨ててこそ』という一語です。それがしはこの言葉を胸に、薩摩、肥後、五島列島、対馬、壱岐、そしてただいま平戸と修行の旅を続けております。剣術の理は未だ分かりません。ですが、剣術の稽古で理の習得を優先すると、打ち合い稽古では無心にもなれず、楽しくもありません」

と言った空也は、

「どうでしょう。お互い立場を捨てて、竹刀で打ち合い稽古をしてみませんか」

と柳原らに願った。

「おお、ぜひお願い申す」

老練の草野一太郎が応じた。

木刀から竹刀に替えた一同に空也が宣告した。

「わが体にお手前方の竹刀の先が触れたとき、稽古は終わります」

空也の宣告は一対十の掛かり稽古と言っていた。

見所に腰かけた松浦清が空也の言葉に、思わず笹村に呟いていた。

「爺、聞いたか。予の家臣十把《じっぱ》一絡《ひとから》げじゃぞ」

講武演技場で空也対平戸藩選抜家臣団との打ち合いが始まった。だが、十人が正面から攻めかかっても、だれひとりとして空也の間合いに入りきれなかった。そればかりか、十人それぞれの弱点を指摘するように空也の竹刀が隙を突いた。

半刻後、草野らは道場の床板にへたり込んだり、長々と伸びたりしていた。そして、空也ひとりが息一つ乱すことなく立っていた。

松浦清がからからと笑い出した。

「予の心形刀流の修行は坂崎空也に比べ、殿様芸、いや児戯《じぎ》以下の技よのう。十九のそなたに予は教えられた。よいか、空也、好きなだけ平戸に滞在し、剣術修行を続けよ」

と藩主の松浦壱岐守清が許しを与えながら、次の参勤上番の折りは神保小路の尚武館に必ずや稽古に参るぞと心に決めた。

三

平戸藩での稽古の日々が半月余り続き、桜の季節を迎えていた。

空也は、日中の講武演技場で行われる家臣団の稽古に付き合い、打ち合い稽古をなした。草野らは剣術の達人の藩主松浦清が見守る中、空也と対戦したときの呪縛《じゅばく》から解放されると、生き生きと動き始めた。そして、いったん宿舎の正宗寺に戻ると、深夜を待ち、南蛮平戸流の闇稽古に参加した。

こちらの稽古は重く短い剣と左手に楕円形の盾《たて》を保持し、剣と盾を自在に使いながらの実戦稽古だ。

空也は南蛮平戸流の面々と、昼間の講武演技場にて稽古する家臣の幾人かが重

複していることに気付いていた。だが、平戸藩の南蛮平戸流は公には、

「この世にない剣法」

である以上、空也がそのことに言及することはなかった。

空也にとって左手に盾、右手に剣と両腕を使い、時に足蹴りや体当たりを加える南蛮平戸流を体験できたのは有意義だった。十日も続けていると左腕の盾を防御だけではなく攻撃に使うコツを覚え、体格に勝る空也と互角の稽古をなす者はいなくなった。

二つの稽古の間に野太刀流の「朝に三千、夕べに八千」の続け打ちを行った。

かように平戸藩の充実した日々が続いたある日のことだ。

講武演技場の稽古が終わったあと、正宗寺に戻る空也に柳原晃光が見知らぬ藩士を伴って同行し、三代目藩主正宗院の墓参をなすと言った。その道すがら柳原が同行の家臣を、

「空也どの、藩目付《はんめつけ》日和佐《ひわさ》龍三郎《りゅうざぶろう》にござる。日和佐は平戸藩内を定期的に巡回しておるゆえ、城下におることが少なく、道場に毎日顔を出して稽古をするわけには参りません」

と紹介した。

空也は柳原が日和佐を伴い、空也に同行したのにはなにか理由があってのことだと理解した。日和佐が空也を見て、

「坂崎どの、朝鮮国の武人を乗せたかの国の帆船が藩領地のあちらこちらに現れ、そなた様を見かけたかどうかと尋ね回っております。彼らに関心を持たれる曰くがございますかな」

その問いに足の運びを緩めた空也が、

「ございます」

と答え、対馬藩内で経験したことを正直に語り聞かせた。ただし幕府の密偵鵜飼寅吉のことと、対馬藩が阿片の抜け荷に関わっていることは伏せて話した。だが日和佐は、

「対馬藩はこのところ財政難に瀕《ひん》しておると聞いております。やはり阿片の抜け荷を企てておりますか」

と得心するように言った。空也が触れずとも日和佐は承知していたのだ。

「坂崎どのが対馬藩の重臣に朝鮮船への同道を断ったことが、朝鮮の武人に追われる曰くですか」

「朝鮮船への同行を断ったあと、それがし、佐須奈関所を抜け出たのです。その

行動に怒りを持たれたか、対馬藩の府士らが朝鮮のキムなる武人を同行させ、それがしを追ってまいりました。そしてついに、上島と下島の間の瀬戸を前に出会い、また府中の湊にては林大圭なる武人にまみえ、戦う羽目に陥りました」

「坂崎どのはキムと林大圭を斃したのですね」

「いえ、キムには肩に打撃を与えただけ、林大圭は手の腱を断ちましたが、命は奪っておりません。それがしを、李老師と呼ばれる朝鮮剣術の達人李智幹が追っていることは承知でした。この平戸にその一派が姿を見せたとなると、当藩に迷惑がかかります。どうやら平戸を出ていく時節が来たようです」

と空也が答えた。

「坂崎空也どの、日和佐の言葉を誤解せんでくだされ。平戸藩は、他藩や朝鮮国の武人どもを立ち入らせるつもりは毛頭ございませんでな。これは藩主松浦清様の強い意思にござる。空也どのが平戸で修行をなしたいのであれば、いつまでもいよとの伝言にございます」

と柳原が言った。

「有難き思し召し、坂崎空也、恐悦至極にございます」

と空也が応じると、柳原の言葉が急に砕けたものになった。

「驚いた。空也どのは薩摩の東郷示現流ばかりか朝鮮の武人にも追われておりましたか。それがしならどちらか一つだけでも身が縮みあがり、生きた心地がしませんぞ」

と真面目《まじめ》な顔で言った。

「柳原どの、武者修行を続けていると尋常勝負を強いられ、避けられないことが起きます。そのたびに新たなる恨みが生じます」

とだけ空也は答えた。

その夜、南蛮平戸流の稽古場では実戦稽古が行われた。東西七人ずつに分かれ、勝ち抜きでの対戦だ。

他国者《よそもの》の空也は西組の先鋒《せんぽう》を命じられ、東組の一番手と戦うことになった。

空也は、左手の盾を防御より攻撃の道具として使い、叩きつけられた剣ごと相手の体を後ろに放り飛ばして勝ちを得た。この防御を攻撃に使う戦法で空也は東組七人全員を破った。

無言の集団からため息が洩れた。すると空也と同じ組の西組の二番手が空也の前に立ち、勝負を望んだ。

空也は、盾本来の使い方で相手の攻めを受けつつ、もう一方の手に持った刃引き剣で対戦者の盾を叩いて体ごと押し潰した。

結局十三人は空也の即席修行の南蛮剣法に敗《やぶ》れ去った。

平戸藩に長く続いてきた南蛮剣法は、いつの間にか固定した攻めと受けに陥っていた。

一方、空也には父から学んだ直心影流、薩摩の野太刀流、人吉藩のタイ捨流、福江藩の樊噲《はんかい》流などの剣技が混じり、さらに実戦で酒匂兵衛入道、三男の参兵衛、異人剣士マイヤー・ラインハルト、そして、朝鮮剣法の林大圭らと生死をかけた戦いを経験していた。

若いながら数多の実戦経験と稽古量が、南蛮平戸流の形式に陥った技を凌駕《りょうが》していた。

相変わらずだれも一言も言葉を洩らすことなく、いつもより早くその場から立ち去り、空也だけが取り残された。

(平戸を去る時が来た)

と空也は決心した。

南蛮平戸流の野天の稽古場を月明かりのもとで掃除をした。

空也は、囲まれていることを承知していた。

「どなたですか」

と闇に問うた。

薄紫色の長衣を身に纏《まと》った一団が姿を見せた。和人ではない。空也と眉月の間では、

「高麗人」

と呼んでいた朝鮮人の武人だった。

「李智幹老師は、おられますか」

空也の和語に薄紫色の衣装の陰から白髪の老人が出てきた。齢《よわい》七十は越えていよう。だが、足腰ががっしりとして、すっくと立った姿は若武者と見紛《みまが》うばかりだ。ただ顔には深い皺《しわ》が何本も刻まれて、李老師の戦いの数を示しているようだった。李遜督と体付きがよく似ていた。

「李老師、なぜ、それがしに関心を持たれますな」

なにか言いかけた李智幹を激しい咳《せき》が襲った。

配下の者が駆け寄ろうとするのを片手で制した。女と思える剣士が水を入れた壺《つぼ》を持っていくと、李はそれを飲んだ。

咳がやんだ。その咳は重病を患っていることを示していた。いや、偽の病を空也に見せつけ、油断させようとしているかにも思えた。

「わが跡継ぎ、林大圭の手の腱を断ちおったな。わしの夢が潰《つい》えた」

流暢な和語だった。

「勝負は林氏が望まれたこと。また、お互い武人としての尋常勝負にございました」

「承知しておる」

「では、李老師はなにを望まれますか」

「そなたの父親は徳川幕府の官営道場にも等しき尚武館道場の主じゃそうな。そのほうは跡継ぎになるのか」

「坂崎磐音の嫡男であることはたしかでございます。されど尚武館の跡継ぎになるかどうかは父ひとりが決めることにございます」

空也の言葉に李老師はしばし沈黙で応えた。

「跡継ぎを失《な》くされたゆえ、李老師はそれがしに恨みを抱かれましたか」

「林大圭が戦いに敗れたことは認めよう」

空也の問いには答えず、そう応じた。

「いえ、それがしが申しておるのは林大圭氏のことではございません」

「だれの話をしておる」

「李遜督様のことにございます」

「なに、そなた、遜督を承知か」

思いがけない言葉だったか、驚愕《きょうがく》の様子を李老師は空也に見せた。となると猿岩の両人を海上から望遠していたとき、空也の稽古相手が李遜督とは分かってなかったのか。

李老師の形相《ぎょうそう》が変わった。

「お、おのれは遜督とどこで知り合うた」

「もはや父親とは別離したと遜督様は申されましたゆえ、どこで出会うたかは申せません。半月近く、ふたりだけで無心の稽古をなしました」

「李遜督はわが技を盗んだ男よ。許せぬ」

「倅が親の技を見よう見真似で覚えるのはごく自然なこと」

「遜督は倅ではないわ。やつはそのほう同様に仇ぞ」

「遜督どのの剣法が李老師とともに生きていた時代のものかどうか、それがしは存じませぬ。遜督どのは武者修行のそれがしになんの隠し立てもせず、惜しみなく技を披露して、稽古をつけてくださいました」

李老師が配下の剣士に仕草で合図し、攻撃の輪が空也を囲んだ。その中には弩《ど》と思える短弓を手にしている者もいた。

「遜督どのから剣術家李智幹の壮絶なる技を聞きました。李老師ともあろうお方が配下の力を借りねば、たった一人《いちにん》のそれがしを斃すこともできませぬか」

空也の言葉に、弩を構えた三人の射手が引き金に手をかけた。

空也は木刀を構えた。

李老師配下の一味は、不意に背後を気にした。だが、空也に再び注意を向け直した。

「参られよ」

空也が言い放った。

弩が放たれる直前、輪の外から弦音《つるおと》がして、弩の射手の胸や腹に矢が突き立った。南蛮平戸流の一統がいつの間にか戻ってきて、李一味を取り囲んでいるのを空也は感じ取った。

「南蛮平戸流の技を隠しておられましたか」

空也は稽古仲間に話しかけた。

「坂崎空也どの、李智幹との勝負に専念なされ。一味はわれらが始末いたす」

旧平戸城狸櫓の野天道場に響く南蛮平戸流の修行者が発する初めての声だった。

「ご厚意深謝いたします」

と答えた空也が、

「高麗の武人として名高い李智幹老師、一手教わりとうございます」

「和人などに伝授する技はない。この勝負にてそなたの命を断つ」

と宣告した李老師が片手を虚空に差し出した。

最前水が入った壺を李老師に渡した女剣士が七尺半ほどの武器を渡した。四尺ほどの棒の両端に一尺七寸ほどの両刃の剣が装着されており、蒼い月明かりに二つの刃がわずかに光った。棒の両端には刃より長い芙蓉《ふよう》色と白の細布が何枚も付いていた。

李老師は真ん中の柄の部分を両手で握った。

空也は木刀を足元に置くと、修理亮盛光を静かに抜いて正眼に構えた。

李の配下も南蛮平戸流の稽古仲間も李と空也の勝負に見入っていた。

この勝負が生死をかけた勝負になることをだれもが承知していた。

間合いは一間半。

七尺四寸余の両刃の得物の間合いだった。

空也が刃を交えるには大胆に踏み込む要があった。

だが、空也はその場にとどまり、李老師も自ら動こうとはしなかった。

睨み合いは四半刻に及んだ。

東の空が明るんできた。

狸檣を見下ろす高台に満開の花を咲かす一本の老桜があった。その桜の花の中で小鳥が鳴き声を上げた。夜明けが近いことを小鳥の囀《さえず》りが教えていた。

李老師が岩場を流れる渓流のように五体を滑らかに動かして間合いを詰めながら、手にした柄を回転させ始めた。

棒の両端の細布が舞い躍り、その中に隠された刃が回転しながら空也に迫った。

回転が速くなると芙蓉色の細布が李老師の姿を隠したり、見せたりした。

躍動する刃の舞は、李遜督との稽古で見覚えた動きに似ていた。だが、この直後、回転する両端の刃と細布は、上下前後に絶妙な間合いで千変万化した。

何本もの細布に幻惑され、隠された二つの刃の動きは予測がつかなかった。

朝の微光が狸檣の戦いを浮かび上がらせた。

光を受けた淡紅と白色の細布が巧妙な舞いを演じて、空也の視界を惑わし、刃を隠していた。

空也はひたすら李老師の手許の動きを見つつ、老師が半歩踏み込めば半歩下がった。だが、直線に下がったのではない。

両人の戦いを李一党と南蛮平戸流の仲間たちの二重の輪が囲んでいた。

ゆえに空也は回り込みながら間合いをとり続けた。

攻める李老師の体が不意によろめいた。

李の配下の間から女剣士の悲鳴が上がった。

だが、その声は陽動だと、空也は察知した。

よろめきながら両端に刃を付けた剣が空也に一気に迫り、襟元《えりもと》を切り裂いた。

刃が空也の胸を浅く斬りつけ、痛みを感じた。その直後、間髪を容《い》れずに空也は李老師の内懐《うちぶところ》に踏み込んだ。

こんどは南蛮平戸流の仲間の間から声が洩れた。

李老師の正面に踏み込んだ空也の盛光が七尺四寸余の棒の真ん中を切り割った。

再び李老師の配下の女剣士の悲鳴が上がった。李智幹の内懐に迫り、両端に刃をつけた武器を正面から叩き折った者はいなかったのではないか。

だが、李老師は慌てなかった。

二つに切られた柄を両手に持ち替え、二刀流のように回し始めた。

大きく広がった色布が舞い躍り、空也の視界をさらに巧妙に隠した。

空也は二本の剣を避けて後退を余儀なくされた。

李老師の刃が、芙蓉色の布の玄妙迅速の動きとともに迫ってきた。

刃は一瞬たりとも動きを止めることはなかった。だが、空也もまた慌てなかった。

李遜督との迅速な打ち合いで高麗剣法の玄妙な動きを教えられていた。

遜督は、

「虚は実、実は虚なり。虚と実を見分けよ」

と高麗剣法の極意を、いや、父の剣法の隠れた極意を別れに際して教えてくれた。

空也は、李老師の疲れを待って後退し続けていた。

だが、李老師の二本の剣は、色布の舞の陰に隠れて必殺の機会を窺っていた。

空也は根気よく刃と布を見定めて、刃を弾き、色布を一枚また一枚と切り取っていった。

李老師の動きが鈍くなった。

攻め疲れたのだ。

空也は相手の動きの間を読んで、思い切り飛び下がった。

間合いが一間に開いた。

「若造、いつまでも逃げ果《おお》せると思うてか」

「李老師、死に場所を探しておられるか」

「ぬかせ。おのれ程度の剣者は高麗にいくらもおるわ。ただ、おのれと違うのは一寸たりとも退《さ》がらぬことよ」

と挑発するように言った。

空也もまた、

「李老師、武者修行の地、薩摩にて習うた剣法にてお相手いたす」

とこれまでとは違う戦い方をすることを宣告した。

「薩摩の剣は一撃必殺と聞く。高麗の剣の動きは留まらず、永続の技なり」

李老師の返答だった。

空也は正眼の構えを右蜻蛉に置いた。

右足を前に腰を沈めた。

一方李老師は、死地に踏み込む勢いで、両手に持った二本の剣を虚空に向かって投げ上げた。

だが、虚空に飛んだのは左手の一本だけで、それは李老師の身をも虚空へと運んでいった。そして、玄妙にも右手に持たれていた剣だけが空也の前に残されていた。

その剣が右蜻蛉の構えの空也に向かって突き出された。

空也は右蜻蛉の構えのまま虚空へと、反動もつけずに飛んだ。幼い頃から小梅村の野天道場で堅木の天辺を打つために飛んで鍛えた空也の驚異的な跳躍力だった。

一方、左手の剣と一緒に虚空に舞った李老師が、空也とは反対に下降してきた。

そのとき、風が吹いた。

数百年の時を超えて、平戸城の盛衰を見てきた老桜が、狸櫓に満開の花をはらはらと散らした。

上昇する右蜻蛉の空也の盛光と下降する李老師の剣が、地上から離れた虚空で擦れ違いざまに交錯した。

ふたりの戦いを眺める敵味方はその立場も忘れて、桜の花びらに彩られた戦いの結末を見ようとした。

李老師の剣が振るわれたが、空を切った。

空也は身を捻って難なく李老師の必殺の一撃を避けたが、反撃の刃は振るわなかった。頂点に達した空也は蜻蛉の構えを崩すことなく下降に移った。

地上で待ち受ける李老師の姿はなく、玄妙にも剣二本だけが虚空に浮かんで空也の着地を待ち受けていた。

空也は、虚空にあっても崩すことのなかった右蜻蛉の構えの盛光を、剣二本の真ん中に躊躇《ちゅうちょ》なく叩き込んだ。

「地べたを叩き割れ」

と教えられた打突も虚空にあっては力を失う。だが、空也の一撃は二本の両刃の間の、

「虚」

の空間に叩き込まれ、吸い込まれた。

その瞬間、姿なき李智幹老師の悲鳴が洩れて、額を割られた高麗人の剣術家の姿が現れた。

「虚は実、実は虚なり」

李遜督が別れに際して空也に知らせてくれた、実父李智幹の高麗剣法の秘密だ

った。

ふわり

と李老師の前に着地した空也の口から、

「坂崎空也、四番勝負、幻影斬り」

との呟きが洩れた。

狸櫓の野天道場に射《さ》し込む夜明けの光が、桜の花びらを薄紅色に染めた。

四

空也は雷《いかずち》ノ瀬戸《せと》とも呼ばれる平戸瀬戸を、速い潮流に乗って本土の松浦郡田平に渡ろうとしていた。平戸瀬戸は南北一里弱（三・五キロ）、狭いところで五丁余り、潮流は早く危険だ。

平戸城は、この瀬戸を外堀として本土との防衛線としていた。

空也が本土に渡してくれる漁り舟を探していると、柳原晃光ら平戸藩の家臣が姿を見せて、

「坂崎空也どの、やはり平戸を去られますか」

と名残り惜しそうな顔で訊いた。

「殿様の寛容なお気持ち、各々方《おのおのがた》のご親切、坂崎空也は決して忘れることはございません。平戸に今しばらく残りたいのは山々ですが、未明の戦いは薩摩の知るところとなりましょう。そうなると平戸藩に必ずや迷惑が生じます。ゆえに出ていく頃合いかと存じます」

柳原らは空也との短くも充実した稽古の日々を懐《なつ》かしみ、

「われら、三月には参勤上番で江戸に向かいます。その折り、必ず直心影流尚武館道場を訪ねて稽古をしたいと思います。入門は可能でしょうか」

と訊いた。

「尚武館は、『来る者は拒まず、去る者は追わず』です」

「よし、空也どのの剣術の基になった尚武館道場を必ず訪ねます。その頃までに空也どのは江戸に戻っておられますか」

「武者修行は未だ道半ばです」

「では、どちらに向かわれますな」

「はて、その場の気分次第です。まずは本土に渡りたいと思います」

柳原らが仲間と相談し、

「空也どの、この瀬戸を乗り切るのは瀬戸の流れを承知の漁師がいちばんです」

と知り合いの漁師に話をつけて、空也が最後の島巡りから九州本土に戻る手伝いをしてくれた。

「空也どの、さらばです」

「そなたの教えは決して忘れません」

と口々に惜別の言葉を空也より年上の藩士たちが贈ってくれた。

「それがしも夜の稽古を忘れることはないでしょう」

と応じると漁り舟の漁師が、

「お侍さん、しっかりと船縁に摑まっておれよ」

と命じた。

南から北に流れる瀬戸に乗って漁り舟は見る見る平戸島をあとにして松浦郡田平に接近していった。

「お侍さん、武者修行ち聞いたが、ほんとのこつな」

「はい」

「どこに行くとな」

「まだなにも考えておりません」

「呑気な武者修行たいね」

「足の向くまま気の向くままの旅です」

しばらく考えていた漁師が、

「長崎ば承知な」

「いえ」

「そげんこつなら長崎に行ってみんね。異人もおればたい、筑前福岡藩の黒田《くろだ》の殿様のご家来衆や佐賀藩の腕自慢がおらすたい。なんちゅうてん平戸と違うてくさ、活気があるもんね」

と言った。

(長崎か。どうしても避けて通れない土地のようだ)

と空也は考えた。

「長崎に行くにはどうすればよいでしょうか」

「平戸から船で行くのがいちばん近道やろな。ばってん、あんたさんは平戸を出てきたたいね。彼杵《そのき》に出る街道ば歩くとが、よかろうたい。田平、江迎《えむかえ》、佐々《さざ》、相之浦《あいのうら》、佐世保《させぼ》、早岐《はいき》、川棚《かわたな》、そんで彼杵で長崎街道に出るたい。まあ、天狗《てんぐ》さんごたるお侍さんの足でん、二日はかかろうたい」

と漁師が教えてくれた。

長崎に立ち寄れば、薩摩屋敷もある。

当然、東郷示現流酒匂一派にも空也の長崎滞在は知られることになるだろう。

だが、いつまでも追っ手を避けていても致し方あるまい、と空也は覚悟した。

（よし、長崎を見てみよう）

漁り舟が九州本土に着いた。

「漁師どの、有難うございました。些少しか乗り賃を払えませぬが」

空也がなにがしかの舟賃を差し出すと、

「お侍さん、こんご時世に武者修行ばする人から舟代を取ることができるもんね。よかね、どげんことがあっても必ず親御さんのもとに帰りない。そいがおいの望みたい」

と漁師が言い、空也は陸地に飛ぶと深々と頭を下げた。

神保小路の坂崎家に珍しい人物が姿を見せた。

なんと豊後関前で紅花栽培をし、紅餅《べにもち》を造っているはずの前田屋の奈緒と次男の鶴次郎、娘のお紅の三人だ。

昼下がりの刻限、磐音も母屋にいて、おこんの知らせに自ら玄関へと迎えに出た。

「奈緒、いや、奈緒どの、めずらしや。いつ江戸へ出てこられたな」

磐音の声音はいつもより高かった。

奈緒は物心ついたときから磐音と承知の間柄で、親友の小林琴平《こばやしきんぺい》の妹であった。そして、なによりふたりには許婚《いいなずけ》であった長い時期があり、藩のだれもがふたりが夫婦になるものと考えていた。

事実、磐音、奈緒の兄の小林琴平、河出慎之輔《かわでしんのすけ》の三人が江戸勤番から国許の関前城下に帰国して、磐音と奈緒は祝言を挙げることが決まっていた。

だが、磐音と奈緒の運命は、藩政を壟断《ろうだん》する国家老一派の企《たくら》みによって暗転し、ふたりは別々の道を歩むこととなった。

以来、二十数年の歳月が流れていた。

そんな運命と感情を乗り越えて、磐音と奈緒はふたたび身内同然の付き合いを取り戻していた。

「関前藩の御用船に乗せていただき、出て参りました」

「おお、そうか。物産所の船に同乗して参られたか」

「長いこと留守をしたお店を訪ねたあと、すぐにご挨拶をと思いましたが、あれこれとやることがございまして、こちらに伺うのがただ今になりました」

　奈緒は最上紅を扱う、

「最上紅前田屋」

の店を浅草寺《せんそうじ》門前に持っていた。

だが、この数年は関前において紅花を栽培し、一心不乱に商品としての紅餅造りに励んできた。ために最上紅前田屋の店は、豊後関前藩江戸藩邸の物産所の後見で、武左衛門の次女の秋世らが主不在のまま、商いを続けてきたのだ。

当然、久しぶりに江戸に出てきた奈緒が真っ先に訪ねるべきは「最上紅前田屋」であった。

　磐音は最上紅前田屋の商いが曲がりなりにもなんとか利を生んでいることを承知していた。

「おまえ様、玄関先で立ち話はございますまい。奈緒様、鶴次郎さん、お紅さん、奥へお上がりください」

　おこんが磐音を窘《たしな》め、奈緒ら三人を居間へと通した。

「奈緒どの、よう参られた」

磐音が改めて奈緒に言葉をかけた。

「磐音様、おこん様、関前を出る十日ほど前、関前の坂崎家に照埜様の風邪見舞いに参りました。正月の疲れが出て風邪を引かれたのでございます。されど私どもが訪ねたときは、もはや床上げされておられました」

奈緒は関前の坂崎家の話をまずして、坂崎遼次郎が奈緒たちの江戸行きに際して藩の御用船に乗ることを藩主福坂俊次に願い、許しが出たことなどを告げた。

「母上は、父上が亡くなられて気落ちなされた時期もあったが、風邪を引かれたか」

磐音は老いた母の身の上を案じた。

「もはやお元気になられました。豊後丸に私どもが乗って関前を出立する折りも見送りに来てくださいました」

睦月がおこんと一緒に茶菓を運んできて、

「鶴次郎さん、お紅さん、よう江戸においでになりました。こんどは私に江戸を案内させてください」

と三年前に関前を訪ねたことを引き合いに出して笑いかけた。

鶴次郎は美しく成長した睦月を眩《まぶ》しそうに見た。

「睦月さん、私の記憶に残る浅草寺界隈とはだいぶ変わっているようで驚きました」

お紅が正直な気持ちを言った。

「睦月さん、母上が造られた紅餅が江戸でどんなふうに売られ、使われているか、見物に来たのです」

鶴次郎が気軽な口調で言った。

「あら、鶴次郎さんたら偉いわね」

「睦月さん、空也さんは十六の歳から武者修行に出ておられます。私は、関前で母や兄の手伝いをしていただけです」

そう答えた鶴次郎の言葉を軽々しく感じたか、どこか案じる奈緒の表情を磐音は見た。

「睦月さん、お好きな人ができたのではございませんか。きれいになられました」

お紅が言い、鶴次郎が大きく頷いた。

磐音と奈緒の一家の間には、いくらでも話すことがあった。

両家の子供たちの話が一段落した折り、奈緒が、

「磐音様、鶴次郎を江戸に連れてきたのは、江戸見物のためではございません」

奈緒が鶴次郎の言動を案じて釘を刺した。

「では、何用で」

磐音が奈緒に質した。

「このように呑気に構えている鶴次郎ですが、できることなら仙台堀伊勢崎町《せんだいぼりいせざきちょう》の本所篠之助《ほんじょしののすけ》親方のもとで修業をさせようかと考えております。むろん紅花栽培の本場は出羽《でわ》の最上、またその最上紅を使って染められる反物の中心は京でございます。私は敢えて鶴次郎を、紅花商いでは新興の地の江戸にて奉公させようと考えました」

と答えた。

磐音は、奈緒が最上紅前田屋を長年留守にした心配のほかに、鶴次郎の将来についても考えがあって江戸に出てきたのだと察した。

「磐音様、おこん様、私どもがいくら頑張っても、最上紅を使った京の反物造りに首を突っ込むことはなかなかできますまい。一方、これからの商いの中心は公方様のおられるこの江戸かと存じます。関前で栽培した紅餅の新しい使い道を江戸で探ってみたいのです。鶴次郎は、未だ最上紅と関前紅の出来の違いに雲泥《うんでい》の差があることすら、承知しておりません。私がいくら頑張っても、最上紅に肉薄し、凌《しの》ぐ時が来ることはございますまい。亀之助や鶴次郎の代でも無理でしょう。ですが、私の孫たちの代には『関前紅は最上紅を超えた』と世間に認めていただきたいと思っております」

奈緒の思いがけない言葉に、鶴次郎の顔が驚きの色に変わった。母の夢や大望を鶴次郎は考えもしなかった。

「鶴次郎、そなたの胸の中に、わが身を捨てて紅花修業にかける覚悟や気持ちが薄いことを母は承知しています」

「母上、まさかそんなこととは」

「関前藩の御用船に乗せていただきながら考えもしませんでしたか」

母親の険しい言葉に鶴次郎の顔が引き攣《つ》った。

「空也様は、十六で生死をかけた武者修行に出られました。剣術と商いは違えども、紅花造りも、わが身をかけるのは一緒かと母は思います」

母親の言葉に鶴次郎は茫然としていた。

「鶴次郎、よいですか。本所篠之助親方を訪ねる前に質しておきます。甘え心で修業は許されません。弟子にはそなたより年下の職人衆がおられます。そなたは十九です。その歳で小僧見習いから始める覚悟がございますか。なければ、母と一緒に関前に戻ることになります」

奈緒の厳しい言葉に全員が無言のままだった。

磐音もおこんも口出しできぬ事柄だった。

奈緒は、鶴次郎が坂崎磐音を父親代わりと思い、江戸で甘えるようなことは一切してはならぬと、厳しい言葉を皆の前で連ねていた。

だが、鶴次郎は、母の波乱万丈な運命と出世を知らなかった。最上紅を扱う紅花大尽《だいじんまえだやくらのすけ》前田屋内蔵助の次男として物心ついたのだ。

母親の奈緒は未だ鶴次郎の気持ちにそのような甘えが残っていることを危惧《きぐ》していた。

「神保小路の坂崎様のお屋敷を訪ねるのも本日が最後と思いなされ。主の坂崎磐音様、おこん様のことはすべて忘れなされ。江戸で母が最上紅前田屋の店を持っていることも忘れなされ。それができますか」

奈緒は小林家が断絶に追い込まれ、病に斃れた父親のために苦界《くがい》に身を売り、ついには御免色里吉原《ごめんいろさとよしわら》の白鶴太夫《はっかくたゆう》として頂点に上り詰めた女だった。

鶴次郎は固めた拳を膝の上に置いて下を向きながら、長い間沈黙していたが、不意に顔を上げて母親を正視した。

「母上、小僧見習いから始めます」

と言った。

「鶴次郎、十年とは申しません。五年、あらゆる難儀や孤独に耐えて身を粉《こ》にして頑張りなされ。だれに頼ってもなりませぬ。そなたひとりでの働きに、そなたのこれからがかかっております。空也様の命をかけた戦いに比べて、そなたの修業などなんのことがありましょう」

奈緒の最後の言葉がぐさりと鶴次郎の胸に刺さった。

鶴次郎は黙って母親に頭を下げた。

親子の会話を磐音らは黙って聞いているしかなかった。

空也は田平から佐世保に向かう道を歩いていた。

春の陽射しがなんとも気持ちよかった。

(母上は相変わらずそれがしのことを案じておられますか)

と江戸の母親を思い浮かべていたが、いつしかその面影が眉月とすり替わっていた。

(そうだ、長崎街道に出たら江戸の母上と眉姫様に文を書こう)

と考えたが、懐の持ち金を考えると、

「飛脚代はないな」

と口にして、

「武者修行は貧乏道中ゆえ、ふたりして許してくれまいか」

と声に出してみた。

海が見える峠道に向かう空也に待つ人があった。

半丁先にいるのは四つの人影で、平戸城の狸櫓から逃げ延びた朝鮮の武人の残党と思えた。峠道に片膝をついて、南蛮製の強力な弓の一種、弩が構えられていた。

空也に逃げ道はなかった。

彼らは李智幹老師の仇を討つため、船で先回りして空也を待ち伏せしていたか。

空也は木刀を引っ提げてゆっくりと距離を詰めていった。しかし、剣の間合いに入ることは無理と思えた。それでも十五間ほどに間合いを詰めた。

空也は胸の中で、

(捨ててこそ)

と武者修行を始めたばかりの折り、出会った遊行僧が無言裡に空也の背に送ってくれた言葉を嚙みしめながら一歩一歩とさらに間を詰めた。

両者の間が八間（約十五メートル）に迫った。

「参られよ」

空也が声をかけ、木刀を右蜻蛉に構えた。

一射目の弩が空也に向かって放たれた。

空也は飛来する短矢の迅速を計りつつ、野太刀流の打突で打ち砕いた。次いで二射、三射目が同時に襲い来た。

空也の木刀が翻《ひるがえ》り、二射目を叩き、三射目を弾こうとしたが、短矢が脇腹を掠《かす》めて痛みが走った。

最後の射手が立ち上がり、空也に弩を向けた。

空也は痛みを堪えて木刀を蜻蛉に構え直した。

その瞬間、弩の射手が一組ではないことを察した。峠道の岩場にもうふたりの射手が隠れていた。

長い距離を飛ぶ和弓に比べ、矢の飛来の初速が違った。まして間合いを外すことのない距離だった。

空也は死を覚悟した。

立射の姿勢で弩の引き金が引かれようとした瞬間、六尺棒がどこからともなく飛んできて立射の射手の後頭部を直撃し、その場に転がした。

空也は李遜督が峠道の岩場に立っているのを見た。

「坂崎空也どの、残りふたりの始末はわしに任せよ」

言葉とともに李遜督の体が虚空に舞い、立ち竦んだふたりの射手を素手で叩きのめした。

一瞬で逆転劇は終わった。

峠道で空也と李遜督は見合った。

「平戸城の戦いは見事であった」

「お父上は死に場所を探しておいでででした」

「いや、違う。そなたと李智幹は、武人と武人の尋常勝負を行ったのだ」

しばし無言で見合っていた空也は李遜督に深々と一礼すると、峠道を下り始めた。

そのとき、空也の脳裏を、李遜督が父親の跡を継いで高麗剣法を立て直すのではないかという思いがよぎった。

坂崎空也と李遜督、いつの日かどこかで相まみえる気がした。
未だ空也の武者修行は続いていた。

本書は『空也十番勝負　青春篇　異郷のぞみし』（二〇一八年六月　双葉文庫刊）に著者が加筆修正した「決定版」です。

編集協力　澤島優子
地図制作　木村弥世

文春文庫

異郷《いきょう》のぞみし
空也《くうや》十番勝負《じゅうばんしょうぶ》（四）決定版《けつていばん》

定価はカバーに
表示してあります

2021年11月10日　第1刷

著　者　佐伯泰英《さえきやすひで》

発行者　花田朋子
発行所　株式会社 文藝春秋

東京都千代田区紀尾井町 3-23　〒102-8008
TEL 03・3265・1211㈹
文藝春秋ホームページ　http://www.bunshun.co.jp

落丁、乱丁本は、お手数ですが小社製作部宛お送り下さい。送料小社負担でお取替致します。

印刷製本・凸版印刷

Printed in Japan
ISBN978-4-16-791778-4